레저렉션 4

10000LAB 현대 판타지 소설

초판 1쇄 찍은 날 § 2019년 11월 26일
초판 1쇄 펴낸 날 § 2019년 12월 3일

지은이 § 10000LAB
펴낸이 § 서경석

총괄팀장 § 노종아
편집책임 § 박현성
디자인 § 소소연

펴낸곳 § 도서출판 청어람
등록번호 § 제387-1999-000006호
등록일자 § 1999. 5. 31
어람번호 § 제1-3065호

주소 § 경기도 부천시 부일로 483번길 40 서경B/D 3F (우) 14640
전화 § 032-656-4452 팩스 § 032-656-4453
http://www.chungeoram.com
E-mail § chungeorambook@daum.net

ⓒ 10000LAB, 2019

ISBN 979-11-04-92098-1 04810
ISBN 979-11-04-92057-8 (세트)

도서출판 청어람
레저렉션 4
Resurrection
10000LAB 현대 판타지 소설
ODERN FANTASTIC STORY

레저렉션
Resurrection

Contents

제1장

콘퍼런스

도수가 표정이 굳은 사이 강미소가 중얼거렸다.

"저 사람은 누구지?"

"이학승."

분명 그였다.

제약 회사 「브라운&윌리암슨」의 한국 지사장. 모종의 연구를 완성시키기 위해 도수를 스카우트하려 했던 장본인이자, 아버지의 논문을 막은 배후라고 강력히 의심되는 용의자.

하지만 강미소는 선뜻 알아듣지 못했다.

"그게 누구죠?"

"「브라운&윌리암슨」의 한국 지사장입니다."

"아!"

강미소는 그제야 알아들었다. 약을 쓸 때마다 종종 봐왔던 제조사 이름이기 때문이다.

"근데 그런 사람이 왜 여길⋯⋯?"

이번 콘퍼런스는 원내에서 진행되는 것이었다. 즉, '병원 관계자가 아닌 외부인이 참가한다는 건 굉장히 이질적인 그림이었다.

"직접 물어보죠."

도수는 뜸 들이지 않고 마이크에 입을 가져다 댔다.

"질문이 있습니다."

삐이이이이.

마이크가 비명을 질렀다. 마치 거기서 멈추라는 듯이.

하지만 도수는 조금도 개의치 않았다.

"「브라운&윌리암슨」 지사장님께서 여긴 무슨 일로 오신 거죠?"

이학승은 당황하지 않았다. 오히려 자신한테 집중된 눈길을 한 번 뒤돌아본 뒤, 빙그레 웃으며 대답했다.

"우리 「브라운&윌리암슨」에선 오랫동안 심장 성형제를 개발해 왔습니다. 자세한 건 나중에 발표하겠지만 오랜 시간 투약하면 점차 부기가 빠지고 심장이 제 형태를 되찾게 해주는 제품이죠."

"그래서요?"

"…그래서 심장 성형술을 성공시킨 써전의 콘퍼런스를 듣고 싶다고 이사장님께 특별히 부탁을 드렸습니다."

"그렇군요."

도수가 말을 이었다.

"이번에도 논문 발표를 막아야 하나 고민되실 것 같습니다."

"하하하. 나 원, 무슨 얘기인지……."

이학승이 시치미를 뗐지만.

도수는 아무렇지 않게 말을 이었다.

"고민하실 필요 없을 겁니다. 바티스타 수술의 불안정한 예후를 보완한 방법이니까요. 지금부턴 '논문 발표를 막을지 말지'가 아니라 '어떻게 막을지'에 대한 고민을 하시는 편이 좋을 것 같군요."

"……."

웅성웅성.

전문의 이상 직책을 가진 의사들이 너 나 할 것 없이 수군댔다.

대부분은 도수의 무례함을 지적하는 내용이었지만 도수는 신경 쓰지 않았다.

아무 말 없이 미간을 찌푸리며 이학승을 쳐다보는 단 몇 사람.

이들의 의심을 북돋아준 것만으로도 충분히 의미가 있었으니까.

정말 논문 발표를 막아?

「브라운&윌리암슨」의 제약 시장 독점에 대해 떠돌던 루머가 사실인가?

이런 의심 말이다.

어차피 그들 대다수가 도수를 '불청객'으로 생각하고 있는 상황이니, 더 떨어질 이미지도 없었다.

도수가 다시 입을 열었다.

"모두 오셨으면 '뇌 표면 혈종 제거와 기존 바티스타를 보완한 심장 성형술'에 대한 콘퍼런스를 시작하겠습니다."

그걸 시작으로 지난 수술 과정에 대한 상세한 설명이 도수의 입을 통해 흘러나왔다. 더불어 빔프로젝터에서 나오는 수술 영상이 첨부된 자료들이 자리에 모인 교수들과 이학승의 이해를 도왔다.

그렇게 프레젠테이션이 일단락됐을 때, 이사장의 입에서 나온 결론은 하나였다.

"완벽하군."

도수의 프레젠테이션이 완벽했다는 건지, 그가 고안해 낸 수술 방식이 완벽했다는 건지 모를 소리였다.

그러나 자리의 누구도 헷갈리지 않았다.

그들도 이사장과 마찬가지로 프로젠테이션과 수술 방식 모두가 '완벽하다'는 생각을 하고 있었기 때문이다.

단상 아래에서 자료 화면을 제공하던 강미소는 혀를 내둘렸다.

'어떻게 이틀 만에……'

남들은 몇 년씩 하는 의대 공부를 독학으로 몇 달 만에 마스터해서 국시 만점을 받은 괴물이란 소문은 들어서 알고 있었다.

하지만 천하대병원 중역들 앞에서 눈 하나 깜짝하지 않고 '완벽한 프레젠테이션'을 하는 일은 또 다른 얘기였다.

'하긴… 수술도 그렇게 대담하게 하는데.'

이깟 프레젠테이션쯤이야.

그렇다고 해도 강미소는 대회의실을 가득 채운 면면을 볼 때마다 심장이 덜컹거렸다.

'전국 안과협회장, 국내 최초의 여성 신장내과 과장, NCI(미국 국립 암 연구소), 엠디앤더슨 암센터 출신 암센터장……'

그 뒤로도 줄줄이 입이 쩍 벌어지는 권위자들이 향연이었다.

그들은 예리한 눈빛으로 도수를 바라보고 있었다.

하지만 도수는 조금도 위축되지 않고 말했다.

"질문 받겠습니다."

쏟아졌어야 정상이다.

그들 대부분이 도수를 불청객으로 생각했고, 어떤 질문이든 날카로운 칼날처럼 벼를 수 있을 만큼 뛰어난 의료인들이었으니까.

도수는 그 칼날에 의해 갈기갈기 찢겼어야 정상이다.

분명 그런데.

"……"

대회의실 안은 고요했다.

누구 하나 손을 드는 사람이 없었다.

이사장은 뒤를 돌아보며 흡족한 미소를 지었다.

심지어 도수를 눈엣가시처럼 여기는 정영록마저도 얼굴을 붉힌 채 입도 벙긋하지 못했다. 괜한 질문을 했다간 도수에게 치명타를 주긴 커녕 자신만 망신당하고 오히려 도수를 빛내 줄 염려가 있었기 때문이다.

"후……"

그는 진정하려 애썼다. 질투심, 시기심이 품에 품은 가시처럼 가슴을 쿡쿡 찔러댔다. 현 천하대병원을 이끌어가는 주역들이 모두 보는 자리에서 대단한 수술 실력을 뽐내고 프레젠테이션까지 완벽하게 마무리했으니 '불청객'으로서가 아니라 '유능한 응급외상센터장'으로서 급부상할 건 불 보듯 자명한 일.

그 누구도 도수를 무시하지 못할 것이다.

만약 이번 콘퍼런스 이후 무시할 수 있는 사람이 있다면, 도수에게 날카로운 일침이 뒤섞인 곤혹스러운 질문을 던질 수도 있어야 했다.

그러나 아무도 그러지 못했다.

정영록이 눈을 질끈 감는 그때.

도수의 입이 다시 열렸다.

"질문 없으시면 콘퍼런스를 마무리하겠습니다. 마치기 전에, 이 자리를 빌려서 말씀드릴 안타까운 소식이 있습니다."

"……!"

번쩍!

정영록이 눈을 부릅떴다.

"저 새끼가……!"

그는 자기도 모르게 욕설을 뱉었으나 막을 수 없었다. 입을 막기엔 너무 먼 데다, 도수의 입에선 막힘없이 지난 일들이 흘러나오고 있었던 것이다.

"김은영 환자의 뇌 표면 혈종 제거 수술을 마친 후 확장성 심근병증을 앓고 있는 임옥순 환자가 찾아왔습니다. 이미 말기에 접어든 상태였으므로 언제 더 악화돼서 환자 사망해도 이상하지 않다고 판단, 바로 응급수술에 들어갔습니다. 그사이 전산 시스템을 끄지 않는 실수를 범했고, 신경외과 레지던트 1년 차 박상민 선생이 병원 지침에 어긋나는 항우울제 벤라팍신을 제 이름으로 처방했습니다."

"그건……!"

"맞습니다. 출혈을 야기할 수 있는 약물이죠."

술렁술렁.

수술 장면이 포함된 쫀쫀한 프레젠테이션을 보느라 피로감에 젖었던 교수들은 이어진 도수의 고발을 듣고 다시 한번 충격에 빠졌다.

도수는 거기서 그치지 않고 콘퍼런스를 준비하며 확보해 둔 증거를 공개했다.

"지금 보시는 장면은 24시간 응급실 스테이션을 찍고 있는 병원 CCTV의 확대화면입니다."

"……."

"……!"

대회의실에 모여 앉은 모두가 수군대는 가운데.

박상민이 오더를 내는 모습이 똑똑히 흘러나왔다.

"신경외과?"

"어떻게 된 거야?"

박상민은 얼굴이 새하얗게 질렸고.

신경외과장과 정영록은 나란히 앉아서 도수를 죽일 듯 노려보고 있었다. 하지만 그것보다, 두 사람을 겨누고 있는 칼날 같은 시선이 압도적으로 많았다.

"……."

잔뜩 쪼그라든 두 사람을 보며 도수가 콘퍼런스의 진짜 막을 내렸다.

"따라서 저는 김은영 환자의 수술을 집도한 집도의로서 신경외과에 정식으로 항의합니다. 이상, 이번 콘퍼런스를 마치겠습니다."

박수는 없었다.

애초에 박수를 받을 생각이었다면 고발을 하지 말았어야 했다.

쥐 죽은 듯 침묵에 빠진 대회의실.

얼음물을 끼얹은 듯 얼어붙은 분위기 속에서 가장 먼저 움직인 건 이사장이었다.

스윽.

몸을 일으킨 그는 돌아서서 신경외과 과장을 응시했다.

"이도수 센터장의 말이 사실인가?"

"……"

신경외과 과장은 긍정도 부정도 하지 못했다. 긍정하기엔 앞일이 두렵고 부정하기엔 사실이었기 때문이다.

이사장은 그러한 침묵을 긍정으로 받아들였다.

"병원장."

"예, 이사장님."

병원장이 엉덩이를 떼며 대답하자.

이사장이 말을 이었다.

"병원에서 있어선 안 될 일이야. 이대로 묵과하고 넘어간다면 앞으로 어떤 환자가 우리 병원을 찾겠나? 책임지고 조사하게."

'책임'지라는 말은 곧 자기 자리를 걸고 조사하라는 뜻이다.

신경외과의들이 앉은 자리에 두려움이 스쳤고.

원망스러운 눈길로 신경외과장을 일별한 병원장은 이사장에게 고개를 숙였다.

"알겠습니다. 책임지고 조사해서 진상을 밝히겠습니다."

"엄중히 문책할 걸세."

그렇게 말한 이사장이 「브라운&윌리암슨」 한국 지사장을 보며 덧붙였다.

"부끄럽습니다."

"이사장님께서 공명정대하신 분이니 잘 해결되리라 생각합니다. 제 욕심 때문에 들어선 안 될 얘길 들은 것 같아 죄송합니다."

"아닙니다. 꽁꽁 숨길 일이 아니지요. 원내에서 깔끔하게 마무리할 테니 개의치 마십시오."

"저야 외부 사람인데 관계가 있겠습니까. 가실까요?"

이학승과 함께 걸음을 옮기던 이사장은 신경외과를 지나치던 중, 정영록을 보며 한마디 남겼다.

"네가 이 일과 아무 연관이 없었으면 한다."

"…네."

이사장과 이학승이 문 뒤로 사라지자 정영록은 두 눈을 질끈 감았다.

'젠장.'

지금껏 자신이 쌓아왔던 것들이 와르르 무너지는 느낌이었다.

그는 눈을 떠서 자신을 이토록 궁지로 몰아넣은 장본인, 오늘 발표한 자료를 정리하고 있는 도수를 쏘아봤다.

그때 갑자기 들려온 목소리.

"눈깔 빠지겠다."

정영록이 고개를 홱 돌렸다.

그곳에는 신경외과 과장이 굳은 얼굴로 앉아 있었다. 그는 더 이상 이사장 손자를 대할 때처럼 신사적이지 않았다.

"애들 다 데리고 따라와."

*   *   *

「브라운&윌리암슨」 이학승은 이사장과 함께 이사장실로 가서 마주 앉았다.

먼저 입을 뗀 건 이학승이었다.

"정말 대단하더군요. 이도수 선생 말입니다."

"음… 그 아이가 시작 전 범한 무례를 용서해 주십시오. 뭔가 오해가 있는 것 같더군요. 논문을 막은 게 귀하의 회사라고 생각했다면 나 역시 더하면 더했지, 덜하진 않았을 겁니다."

"이해합니다."

잠시 후 이학승이 물었다.

"그러고 보니 이사장님은 그런 얘길 듣고도 저희를 의심하지 않으시는군요. 저희 회사가 그 논문과 관련이 없다고 확신하는 이유가 있으십니까?"

"그런 걸 묻는 이유를 모르겠군요."

"아, 누구라도 의심할 수 있을 것 같아서요. 저희가 '심장 성형제'를 개발했는데, 그 논문은 '심장 성형술'에 관한 것 아닙니까?"

"공교롭지요."

"그렇습니다."

"그래서 더 의심하지 않습니다. 가장 먼저 의심받는 곳이 귀하 회사인데, 바보가 아닌 이상 그런 일을 벌였겠습니까? 게다가……."

"……."

"난 논문을 숨긴 범인을 알고 있으니 의심할 이유가 없지요."

"…그게 정말이십니까? 범인을 아신다고요?"

이학승이 되묻자 이사장은 고개를 끄덕였다.

"내 죽기 전에 그놈을 요절낼 겁니다."

"그게 누군지 여쭤봐도……."

"가족사입니다."

이사장은 빙그레 웃었지만 강경한 의지가 엿보였다.

"어디 가서 얘기할 만한 게 못 됩니다. 자, 그건 그렇고 이제 일 얘기를 해봅시다."

이학승은 내심 아쉬웠지만 겉으로 드러내진 않았다. 어쨌든 이사장이 다른 누군가를 의심하고 있다는 것은 희소식. 만만한 인사가 아니었으니, 이 이상 속내를 보이면 도리어 의심을 살 수도 있는 것이다.

"그러시죠. 오늘 이도수 센터장의 솜씨를 보니 어찌나 감탄스럽던지……."

그는 서류를 꺼냈다.

"이번에 엘 파소(El Paso: 미국 일리노이주 우드퍼드 카운티, 맥린 카운티에 걸쳐 있는 도시) 파견 건, 대상자를 흉부외과 박경환 선생에서 이도수 센터장으로 바꾸면 어떨까 합니다."

이사장이 미간을 찌푸렸다.

"그게 무슨 말씀이십니까?"

"어차피 이도수 센터장은 실력에 비해 경력이 부족하니 좋은 이력으로 남길 수 있지 않겠습니까? 신경외과 분야에서 최고 소리 듣고 계신 큰 아드님도 엘 파소에 있는 걸로 아는데요. 두 분이 콜라보를 이룬다면 천하대가 세계적인 명성을 얻는 데 굉장한 시너지가 될 겁니다."

"이도수 선생은 우리 병원 센터장입니다. 부임한 지도 얼마 안 됐고."

이사장은 탐탁잖아했으나.

이학승은 빙그레 웃으며 주장을 펼쳤다.

"아로대학병원 센터장이었던 김광석 교수가 있지 않습니까?

동물에 비유해서 좀 그렇지만, 산 하나를 정복하는 데 호랑이를 두 마리씩이나 데리고 올라갈 필요 없지요. 한 마리는 더 큰 산으로 보내십시오."

"제안은 고맙지만 이도수 센터장은 현재 본원에 없어선 안 될 인재입니다. 엘 파소 파견은 병원 내부적으로 결정하도록 하지요."

"……"

이학승이 미간을 찌푸렸다.

"주제넘을지 모르지만 좋은 기회입니다. 이도수 센터장은 세계 의료 업계 전반에 영향을 끼칠 만한 외과의이니 더 넓은 곳으로 가는 게……."

그 말을, 이사장이 칼같이 잘랐다.

"내「브라운&윌리암슨」이 의료 업계 발전 및 의료 인력 양성에 힘쓴다는 걸 모르는 게 아니지만. 이 문제는 더 거론치 말도록 합시다."

"……"

이렇게까지 나오니 이학승도 더 설득할 엄두가 나질 않았다.

파견 문제는 어디까지나 이사장의 직권이기 때문이다.

"알겠습니다."

그는 고개를 숙였다.

"그래도, 이도수 센터장에게 좋은 기회이니 한번 상의해 주십시오. 전 이만 일어나 보겠습니다."

"또 봅시다."

이사장이 손을 뻗었다.

이학승은 찜찜한 기분으로 악수를 나눈 뒤 이사장실을 나갔다.

철컥.

문이 닫히자.

이사장이 인터폰 수화기를 들어 데스크 여직원에게 말했다.

"이도수 센터장 들어오라고 해요."

*　　　　*　　　　*

잠시 후.

도수가 이사장실에 들어섰다.

"부르셨어요?"

고개를 끄덕인 이사장의 입에서 나온 첫마디는 예상을 빗나갔다.

"「브라운&윌리암슨」에 대해 알게 됐더구나."

모든 걸 알고 있었다는 말투.

도수의 눈매가 꿈틀거렸다.

반면 이사장은 씁쓸한 미소를 지었다.

"어느 날 딸이 사라졌는데, 내가 그 정도도 조사해 보지 않았을까."

"…알고 계셨군요."

"물론이다."

고개를 주억거리는 이사장의 얼굴에 그늘이 드리웠다. 그가 이학승에게 주범을 안다고 했던 건 바로 「브라운&윌리암슨」을 가리킨 것이었다. 죽기 전에 반드시 요절내리라 장담했던 상대도 「브라운&윌리암슨」이었다. 외려 그로써 자신이 알고 있다는 의심을 피한 것이다.

이를 모르는 도수가 물었다.

"…그런데도 그자들과 거래를 하신다고요?"

"그래서 거래를 하는 것이다."

이사장이 천천히 말을 이었다.

"동물에게는 배울 점이 많지. 놈들이 자신보다 덩치가 큰 상대와 맞설 때 어떻게 하는 줄 아느냐?"

도수가 고개를 흔들자 그가 대답했다.

"발톱을 숨기고 다가가지. 그리고 단번에 물어 죽인다."

도수는 씁쓸하게 웃었다.

"저완 다르네요."

"그러니 내가 하겠다는 것이야. 전에 내게 말했지? 병원 경영이나 원내 정치 따위엔 조금도 관심이 없다고."

"지금도 마찬가지입니다."

"그래. 그렇다면 「브라운&윌리암슨」이고 논문이고 그만 잊거라."

"저도 그러고 싶은데, 저들이 안 도와주니."

"무슨 뜻이냐?"

"전 말씀드렸듯 원내 정치든 「브라운&윌리암슨」이든 엮이고 싶은 생각이 없습니다. '심장 성형술' 논문을 완성시킨 것도, 새로운 '심장 성형술'로 환자를 살린 것도 아버지 아들로서, 외과의로서 제 길을 걸은 겁니다. 단지 아로대학병원장이나 「브라운&윌리암슨」이 그 길을 막고 서 있었을 뿐."

"…넌 네 갈 길을 가고 있을 뿐이다?"

"네. 그리고 전 앞으로도 멈추지 않을 겁니다. 제가 치료할 수 있는 환자는 힘닿는 데까지 모두 치료할 겁니다. 수술을 하든, 약을 주든, 논문을 쓰든지 해서요."

"……."

거기까지 들은 이사장은 도수의 길 도중에 「브라운&윌리암슨」이란 거대한 벽이 있다고 해서 '멈추라'고 하지 않았다. 그는 할아버지가 아닌 한 사람의 선배 의사로서 대답했다.

"그래… 네 앞길의 돌부리는 내가 치워주마. 나 역시 힘닿는 데까지 도울 것이다."

눈빛이 아련하게 잠기는 것만큼은 막을 수 없었다.

겁 없이 당찬 도수를 보니 사무치게 그리운 한 사람의 얼굴이 겹쳐졌던 것이다.

바로 자신의 딸, 정영화였다.

부전자전(父傳子傳)이라 했던가?

정영화도, 사위 이찬도 그랬다.

언제나 의사로서의 사명을 다했고, 그 길을 걷는 데 조금도 망설임이 없었다.

'영화야.'

이사장은 속으로 그리운 딸의 이름을 불렀다. 네 아들은 참으로 곧고 의젓하다. 넌 지켜주지 못했지만, 네 아들만큼은 반드시 지켜주마.

그리 말해주고 싶었다.

그 마음이 너무 깊었던 탓일까?

단둘뿐인 이 자리에 가족들이 한데 모여 앉아 웃고 있는 장면이 선연하게 떠올랐다.

씁쓸한 미소.

주름 깊이 파인 가슴 깊은 회한.

'그때 내가 고집을 꺾었다면……'

사위 이찬을 인정해 주었다면.

만약 딸을 그렇게 보내지 않았더라면.

그랬다면 그가 보고 있는 풍경이 현실이 됐을지도 모른다.

도수 역시, 조금은 더 어리광 넘치고 아이다운 모습을 지켰을 것이다.

이사장으로서 보는 '이도수 센터장'은 훌륭한 직원이었지만 할아버지로서 '이도수'는 아픈 손가락일 수밖에 없었다.

그 마음을 아는지 모르는지 도수는 그를 덤덤하게 응시하고 있었다. 그리고 그보다 더 사무적인 말투로 인사를 건넸다.

"그럼 전 환자를 봐야 해서. 이만 가보겠습니다."

"그래… 그러렴."

이사장은 고개를 주억거리면서도 입술을 지그시 깨물었다.

하고 싶은 말은 태산이었다.

그러나 어디서부터 어떻게 말해야 할지 갈피를 잡지 못했다.

어색한 침묵.

그사이 고개를 숙여 보인 도수가 일어나 이사장실 문 너머로 사라졌다.

그 뒷모습을 보던 이사장은 다시금 수화기를 들었다.

"흉부외과 박경환 선생 들어오라고 해요."

엘 파소 병원으로의 파견이 내정된 인사.

그가 가서 해야 할 일이 있었다.

*   *   *

한편 이사장실 문을 열고 나선 도수는 슬며시 주먹을 쥐었다. 의식하고 한 행동은 아니었다. 그저, 내색하진 않아도 할

아버지와의 만남이 아직은 꽤히 긴장되고 불편했다.

　이런 느낌을 보통 사람들은 '서먹하다'고 표현할 터였다. 단지 도수와 이사장 간의 서먹함은 다른 이들보다 깊고 멀었다.

　그 순간.

　띵.

　소리와 함께 엘리베이터가 도착했다.

　고개를 들자 익숙한 얼굴이 안에 있었다.

　"……."

　"안녕하세요."

　먼저 인사한 건 나유하였다.

　임옥순 여사의 손녀.

　도수는 엘리베이터 안으로 걸음을 옮기며 물었다.

　"할머님은요?"

　"선생님 덕분에 많이 좋아지셨어요."

　"평소 건강관리를 잘해오셔서 그런지 회복이 빠르신 편입니다."

　"그렇겠죠. 몸에 좋다면 대통령 것도 뺏어 드시는 분이니."

　도수가 눈을 동그랗게 떴다.

　그 표정을 본 나유하가 깔깔 웃었다.

　"말이 그렇다는 거죠. 진짜 대통령 음식을 빼앗아 드셨으려고요?"

　"…원래 안 믿었는데."

"그렇다 쳐요."

여전히 웃음기를 드러내고 있는 그녀가 말했다.

"할머니가 선생님을 굉장히 좋게 보세요. 자길 쫓아냈다고."

"……."

"왜요?"

"말의 앞뒤가 안 맞는 것 같아서."

"뭐가요? 내쫓았더니 호감 가지는 게?"

도수가 고개를 끄덕이자 나유하가 피식 웃었다.

"누구도 할머니한테 당당하게 뭔가를 요구하진 않거든요. 선생님이 처음이었어요. 그런 무례한 요구는."

"그랬겠죠."

오성그룹의 안주인한테 누가 그런 무례를 범할 수 있을까?

하지만 나유하의 말은 거기서 끝이 아니었다.

"다만 자신을 위해서가 아닌 환자를 위해 무례를 감수했다는 점이 다른 거죠. 할머닌 반드시 약속은 지키는 분이니 꼭 답례하실 거예요."

"의사가 할 일을 했을 뿐입니다."

"다 그런 건 아니죠. 전 그 수술을 선생님만 할 수 있다고 생각하지 않아요. 다른 분이 할 수도 있었지만, 누구도 위험성 때문에 권하지 못했어요. 어차피 수술받지 않으면 사망할 상황인데도 수술 도중 사망했을 때의 책임이 두려워서 포기했던 거죠."

영특한 소녀였다.

상황을 정확하게 파악하고 있으니.

도수가 말이 없자 그녀가 자조적으로 덧붙였다.

"만약 성공률이 높은 수술이었다면 서로 하려고 달려들었을걸요?"

그랬겠지.

하지만 심장 성형술은 과정도 까다로울뿐더러 예후가 좋지 않은 수술이니 다들 몸을 사린 것이다.

도수가 이런 생각을 하는 사이.

엘리베이터가 2층에 도착했다.

땡!

문이 열리자.

나유하가 다시 입을 열었다.

"전 선생님의 자신감을 존경해요. 그리고… 다들 포기했던 할머니를 살려주셔서 감사해요. 아직 그 말을 못 한 것 같아서."

"별말씀을."

도수가 가볍게 고개 숙이며 답례하자 빙그레 웃은 나유하가 먼저 내렸다.

그녀가 떠난 엘리베이터는 1층에서 멈췄다.

그제서 내린 도수는 곧장 응급실로 향했다.

드르르륵.

응급실 자동문이 열리고.

여전히 분주한 응급실 풍경이 눈에 들어왔다.

약제실을 나서던 간호사 이하연이 그를 보며 알은체를 했다.

"센터장님."

"네."

"김 교수님이 찾으세요."

김광석을 말하는 것이다.

도수는 고개를 끄덕였다.

"알겠습니다."

대답하는 그의 얼굴을 훔쳐보던 이하연은 얼굴을 살짝 붉혔다.

그가 수술실에서 보여준 모습. 고난도 신경외과 수술과 흉부외과 수술을 모두 소화하는 게 얼마나 대단한 건지는, 병원에서 근무하는 사람이라면 모두가 알고 있었다.

선망의 시선을 보내는 그녀를 등진 도수는 김광석의 연구실로 갔다.

철컥, 문을 열고 들어가자.

안에선 김광석이 진지한 표정으로 CT를 보고 있었다.

"교수님."

도수가 인기척을 하자 김광석은 그제야 고개를 돌렸다.

"아, 센터장."

그는 서론을 거두절미하고 말했다.

"이것 좀 보지."

도수는 그의 곁에 서서 모니터에 떠 있는 뇌 사진을 보았다. CT에는 특별한 문제가 보이지 않았다.

"어떤 환자죠?"

그가 묻자.

김광석이 대답했다.

"급성 발작을 일으켜서 실려 온 이십 대 남자 환자야. 언어 기능이 현저히 떨어진 상태지."

CT로 모든 걸 알 수는 없다.

해서 도수는 다시 물었다.

"MRI는요?"

"검사 도중 문제가 생겼어."

김광석은 괴로운 표정으로 말을 이었다.

"갑자기 환자의 기도가 막혀서 숨을 쉬지 못했다. 외과적 조치를 할 수밖에 없었어."

기도를 절개하고 튜브를 꽂았다는 뜻이다.

"정밀검사도 힘든 상황이라."

"그래."

"신경외과에선 뭐라고 했죠?"

"결론을 못 내고 있다. 내색하진 않지만 뇌에는 특별한 이상이 보이지 않는단 말로 환자를 거부하고 있어."

"……."

도수는 돌아가는 상황을 알 것 같았다.

'정영록도 찾지 못했다고?'

물론 정영록은 도수와 사이가 좋지 않았으나 그건 그거고, 그가 훌륭한 실력을 가진 신경외과의라는 것만은 부정할 수 없었다. 뿐만 아니라 수술에 대한 욕심이나 희귀 케이스 환자에 대한 열망도 대단했다. 그런 그가 단념했다는 것은 환자의 문제점을 전혀 종잡지 못하고 있다는 뜻이었다.

"제가 한번 보겠습니다."

"그래. 나도 그러길 바라고 센터장한테 도움을 청한 거니까."

두 사람은 연구실을 나섰다.

튜브를 꽂은 채 호흡하고 있는 환자에게 다가간 김광석이 말했다.

"환자분, 오늘 내에 튜브를 제거할 테니 불편해도 조금만 참으세요."

환자가 눈을 감았다 뜨며 수긍했다.

한 발 다가선 도수가 투시력을 썼다.

샤아아아아아.

두 눈이 환하게 빛나며.

환자의 머릿속이 투영됐다.

그러나 CT와 마찬가지로 한눈에 문제점을 발견할 순 없었다.

'신경외과에서 문제를 발견하지 못했다면 뇌종양, 뇌졸중, 허혈성증후군은 아니야.'

일단 세 가지 대표적인 가능성을 배제했다.

그리고 한 발 더 바짝 다가서며 환자의 뇌를 샅샅이 살폈다.

샤아아아아아.

투시력이 더 강해졌다.

'씨제이디(CJD: 크로이펠츠 야콥병. 광우병)도 아니고… 뭐지?'

이런 적은 없었다.

투시력을 쓰면 대부분 명확한 문제점이 나타나기 때문이다.

"……"

도수는 환자의 머릿속으로 빨려 들어갈 듯이 집중력을 쏟아부었다.

샤아아아아아.

그러자.

환자의 뇌 속에서 꿈틀대는 뭔가가 눈에 들어왔다.

"이건……"

김광석이 고개를 돌렸다.

그러자 눈이 마주친 도수의 입에서, 전혀 생각지도 못했던 한마디가 흘러나왔다.

제2장

내과적 치료

"촌충(寸蟲)입니다."

"촌충……?"

전혀 예상치 못한 대답에 김광석이 눈을 치떴다.

"혈전도 아니고 벌레 때문이라고?"

"네."

뇌 속에 기생충이 있다는 뜻.

한 마리의 촌충은 하루에 이십 개에서 삼만 개까지 알을 낳는다.

대부분은 배설이 되는데, 유충과 달리 촌충의 알은 장의 벽을 관통할 수 있어 혈류로 흘러 들어가는 일이 종종 있었다.

그리고 혈류를 타면.

우리 몸 어디에든 닿을 수 있다.

가만히 생각해 본 김광석이 고개를 주억거렸다.

"하긴… 촌충이라면 어느 정도 가능성이 있겠군. 하지만 속단하긴 일러. 촌충이라면 숙주의 면역반응을 차단하고 체액의 흐름까지 조절할 테니까 증상을 못 느껴야 하지."

"맞아요."

도수는 순순히 수긍했다.

단순히 벌레가 문제가 아니었다.

문제는 촌충이 '죽어가고 있다는' 것이다.

"하지만 건강한 촌충이 아니라면?"

촌충은 분비물을 뿜어 자신을 보호하는 보호막을 형성한다. 그 보호막으로 인해 인체의 자체적인 면역 체계에서 벗어날 수 있는 것이다. 마치 레이더에 걸리지 않는 스텔스 전투기가 된 것처럼.

문제는 스텔스 기능이 고장 났을 때다.

거기까지 생각이 미친 김광석이 중얼거렸다.

"면역 체계가 깨어나겠지."

레이더에 잡힌 전투기는 방공포의 공격을 받게 될 터.

"맞아요. 기생충을 공격하는 겁니다. 그럼 주위 조직이 부어오르게 마련이죠."

"그게 뇌에 있다면……?"

도수가 고개를 끄덕였다.

"치명적인 겁니다."

이제는 갑작스러운 발작 증세도.

점차 시력이 멀고 걷기 힘들어하는 이유도 해결이 된다.

만약 이대로 두면 부종으로 인한 뇌 기능 상실로, 환자는 얼마 버티지 못하고 사망할 수 있는 것이다.

"맙소사, 정말 촌충이라면……!"

상상도 못 했던 기발한 생각에 김광석은 혀를 내둘렀다. 정말 도수 말대로 촌충이라면 차라리 다행이었다.

치료를 받으면 되니까.

신경외과에서도 원인을 찾지 못했던 환자.

두 손 놓고 죽을 날만 기다려야 했던 환자를 살릴 수 있는 길이 생긴 셈이다.

김광석과 시선이 마주친 환자가 눈알을 뒤룩뒤룩 굴렸다. '촌충이 뭔데 그럽니까?' 묻는 듯이 불안한 눈빛. 그러나 아직 확진이 안 된 시점에 확답을 해줄 수는 없는 노릇.

김광석이 말했다.

"다시 오겠습니다. 최대한 마음 편히 가지고 계세요."

환자를 타이른 그가 고개를 돌렸다.

"잠시 나 좀 보지."

병실을 나서기 무섭게.

김광석의 입이 다시 열렸다.

"정말 촌충 때문이라고? 만약 촌충이라면, 촌충이 있다는 걸 어떻게 발견했지? CT에도 잡히지 않은 걸 그저 얼굴을 본 것만으로."

그에 도수가 되물었다.

"제가 어떻게 발견했겠어요?"

"무슨 소리야?"

투시력을 설명할 길이 없었기에 도수는 다른 말을 했다.

"아직은 신경외과에서 추측했을 법한 가능성들을 배제한 또 하나의 가능성일 뿐입니다. 하지만 이대로 손 놓고 죽게 할 수는 없잖아요. 증명할 방법도 있습니다."

"…어떻게?"

CT에도 나오지 않는 촌충이다.

그걸 무슨 수로 증명한단 말인가?

미간을 찌푸린 김광석을 마주 보며 도수가 천천히 말을 이었다.

"엑스레이로 대퇴부를 찍으면 됩니다."

"대퇴부를?"

"기생충은 머리보단 대퇴부 근육을 더 좋아하니까."

"머리에도 있다면 대퇴부에도 있을 거다?"

김광석은 눈을 반짝였다.

그의 말이 사실이라면 엑스레이상으로 촌충이 나타날 것이다.

'반대로 촌충이 없다면?'

불필요한 검사가 될 수도 있으나.

굳이 검사를 하지 않아도 매번 귀신같이 환자의 상태를 잡아냈던 도수다.

그렇기에 이번에도 신뢰가 갔다.

"신경외과에서도 꼬치꼬치 묻지 않고 환자를 내줄 거야. 그 환자를 골칫덩이처럼 생각할 테니까."

"태도는 마음에 안 들지만 우리한텐 다행인 셈이죠."

도수가 빙그레 웃었다.

"환자한테도 그렇고요."

"후… 만약 네가 신경외과 수술을 했다가 잘못되기라도 하면 우리가 독박을 쓰게 될 거다."

"그럴 거예요. 하지만 부정적인 결과가 나오기 전에는 편안히 치료할 수 있을 겁니다."

김광석은 고개를 끄덕였다.

아로대학병원이었다면 다른 과의 항의가 빗발쳤을 것이다. 큰 저항을 받았겠지만… 도수는 확고한 어조로 덧붙였다.

"천하대병원에선 아무도 우릴 막을 수 없습니다."

이사장 직속인 별개의 조직.

도수가 이끄는 응급외상센터의 현주소였다.

김광석이 팔짱을 끼며 읊조렸다.

"결국 담당 과도, 진단도 불확실한 환자를 우리가 받게 되는 거로군."

"네. 신경외과에서 원하는 대로."

미소 띤 도수가 물었다.

"원래 모험적인 분이시잖아요?"

김광석 역시 피식 웃음을 터뜨렸다.

"다른 과에 일일이 설명하지 않아도 돼서 다행이라고 생각하고 있던 참이다."

"지금부터 우린 계속 이런 활동을 하게 될 거예요. 타 과에서 손 놓은 환자도, 타 병원에서 돌려보낸 환자도, 마지막 희망마저 잃은 환자에게도 최후의 보루가 돼줄 겁니다."

"······!"

김광석이 몸을 한 차례 떨었다. 소름이 끼친 것이다. 아니, 어쩌면 전율이라고 해야 할지도 몰랐다.

그가 지난날 아로대학병원에 응급외상센터장으로 부임했던 이유.

라크리마에서 목숨 걸고 부상자들을 치료했던 이유 모두 방금 도수가 입 밖으로 뱉은 말과 일맥상통하기 때문이다.

골든아워를 놓쳐서 죽어가는 환자들이나, 의사가 부족해서 죽어가는 환자들을 위해 직접 발로 뛰었다.

그런데 이젠 한술 더 떠서 갈 곳 없는 환자들의 등대가 되어줄 수 있는 셈이었다.

마치 서로의 속내를 들여다보듯.

말하지 않아도 두 사람이 바라보는 방향이 같았다.

김광석은 바로 그 사실에 전율했다.

"고맙다."

"……?"

도수가 의아한 표정을 짓자.

그가 말을 이었다.

"벌써 이곳에 오길 잘한 것 같다는 생각이 들게 해줘서."

"함께 온 레지던트 선생님들도 그래야 할 텐데요."

"그런 녀석들로 추려서 같이 오자고 한 것일 텐데?"

"맞아요."

"그럼 분명 우리와 같은 마음일 거야."

도수는 고개를 끄덕였다.

"그럼… 엑스레이 찍어보죠."

*   *   *

우르르르.

신경외과장을 비롯한 정영록, 두 명의 레지던트들이 환자를 찾아갔다.

환자는 이미 목의 튜브를 제거한 상태였다.

"좀 괜찮으십니까?"

"아… 선생님."

이십 대 남자의 표정은 어두웠다. 도수에게 촌충에 대해 설명을 듣고 엑스레이를 찍었지만 고작 코딱지만 한 벌레 하나 때문에 눈이 멀고 다리가 마비되고, 정신착란 증세가 오고 대소변도 못 가린 채 죽음에 이를 수 있다는 사실이 믿기지 않았던 것이다. 무엇보다 엑스레이를 찍은 부위도 머리가 아닌 다리지 않은가?

그래서 그는 물었다.

"저, 뭐 하나만 여쭤보겠습니다."

"말씀하십시오."

"전에… 여러 가지 뇌질환이 의심된다고 하지 않으셨어요?"

"그랬습니다."

"그, 그럼 선생님이 치료해 주시면 되지 않나요? 머리가 이상한데 신경외과가 아니라 응급실에서 치료한다는 게 좀……."

신경외과장은 나지막이 타일렀다.

"죄송합니다만 환자분께서는 조금 특별한 케이스셔서요. 어느 과를 가셔도 근본적인 해결책을 찾긴 힘든 상태입니다."

그렇게 설명한 그가 덧붙였다.

"자세한 건 지금 담당하고 계신 응급외상센터 선생님께서 설명을 해주실 겁니다. 그럼 이만……."

가볍게 고개를 숙이고 자리를 뜨려던 신경외과장의 발걸음이 딱 멈췄다.

하필 도수가 길을 막고 서 있었던 것이다.

"나한테 볼일 있나?"

신경외과장이 묻자.

도수가 대답했다.

"보고 가시죠."

"뭐?"

신경외과장이 미간을 찌푸리고.

정영록이 한 발 앞으로 나서며 말했다.

"건방지게 뭐 하는 짓이야?"

"또 반말."

도수가 나직이 경고하자 정영록이 흠칫했다. 그러나 도수는 그에게서 눈을 떼며 신경외과장을 보았다.

"보고 가세요."

"뭘?"

저벅.

바짝 다가선 도수.

신경외과장이 반사적으로 뒤로 물러나려는 순간.

도수가 속삭이듯 말했다.

"신경외과에서 어떤 실수를 했는지."

"실수?"

신경외과장은 쌍심지를 켰지만 뭐라 하지 못했다. 도수가 휙 지나쳐서 환자에게 다가간 것이다.

"…무슨 헛소린진 모르겠지만."

그는 돌아섰다.

다른 신경외과 의사들도 줄지어 돌아섰다.

그들 가운데서 환자에게 다가간 도수가 말했다.

"손 내밀어보세요."

환자가 손을 내밀자.

도수는 알약 두 알이 담긴 컵을 내밀었다.

"이게……."

"알벤다졸(Albendazole: 구충제)입니다."

"……!"

지켜보던 신경외과의들이 술렁였다.

전혀 예상치 못한 약 이름이 나왔기 때문이다.

모두의 공통된 생각은 정영록의 입을 통해 나왔다.

"이도수 선생, 정신 나갔나? 갑자기 무슨 알벤다졸이야?"

도수는 대답 없이 신경외과장에게 시선을 옮겼다. 잠시 눈
이 마주치자.

신경외과장이 눈을 치떴다.

"설마……?"

"맞습니다. 촌충이 뇌에 생긴 경우죠."

"이런 어이없는……."

신경외과장은 말을 잇지 못했다.

크게 놀란 건 정영록 역시 마찬가지였다.

"촌충이라고……?"

지금껏 시도했던 뇌종양을 의심한 방사선 치료, 뇌혈관염을 의심한 스테로이드제 치료들이 송두리째 무너지는 결론이었다.

충격을 받은 신경외과장이 물었다.

"어떻게 생각한 거지? 어떻게 촌충이란 결론이 난 거야?"

도수는 그가 마치 책임을 회피하기 위한 도피처로 억지를 부리길 택한 사람처럼 보였다. 자신들이 찾지 못한 환자의 문제점을 찾아낸 것에 대한 기쁨이 아니라, 도수가 찾은 해결책이 틀리길 바라는 사람들처럼 비쳤다. 이는 환자가 죽더라도 신경외과의 자존심은 지키고 싶다는 것으로밖에 해석이 안 됐다.

그리고 그건 환자도 마찬가지였다.

"혹시… 실수를 하신 건가요? 이 선생님들이 제 병명을 잘못 아신 거예요?"

크게 일그러진 표정.

그동안 고된 치료를 모두 견뎠음에도 차도는커녕 점점 나빠지다가 죽음을 각오할 지경까지 갔던 환자다. 스스로 실험용 쥐가 된 듯한 기분을 느꼈고, 지금 이 순간 그 불쾌한 기분이 한꺼번에 몰려오고 있었다.

사뭇 달라진 분위기에 정영록이 나섰다.

"그게 아니라……."

"오진은 아니었습니다."

가로막은 건 도수였다.

"오진이 아니었다고요?"

아주 짧은 순간, 도수에게 신뢰를 갖게 된 환자가 분노를 누그러뜨리려 애쓰며 물었고.

그에 도수가 대답했다.

"그렇습니다. 환자분이 병원에 처음 오셨을 당시였다면 저 역시 같은 판단을 하고 표준 매뉴얼대로 치료를 했을 겁니다. 문제는 여기서 차도가 없었다는 겁니다. 그래서 다시 진단하게 된 거죠."

차분한 설명에도 환자의 표정이 일그러졌다.

"의사면 병을 치료해 주는 사람들 아닙니까? 이 사람들은 나한테 '준비하라'고 했어요……! 사형선고를 했단 말입니다……! 그게 말이 돼요? 아직 스물다섯밖에 안 된 내가……."

그는 감정이 복받치는지 눈가를 붉혔다. 곁을 지키고 있던 환자의 어머니는 아예 눈물을 훔치고 있었다. 그녀는 환자와 함께 따지기보단 도수의 소매를 붙잡고 말했다.

"감사합니다, 선생님… 감사합니다……."

그리고 어쩔 줄 모른 채 돌처럼 굳어 서 있는 신경외과 의사들.

도수가 천천히 입을 열었다.

"한 달은 식후에 매일 드셔야 합니다. 복통, 구역질, 두통,

어지러움, 발열, 일시적인 탈모가 동반될 수 있습니다."

"……."

"이제 나을 수 있으실 거예요."

쿵.

가슴이 내려앉은 환자가 마침내 눈물을 뚝뚝 흘렸다. 침대 이불을 끌어당겨 얼굴을 문지른 그가 순식간에 눈물 자국으로 범벅된 얼굴로 도수를 보며 말했다.

"감사합니다……."

꿀꺽.

두 알의 알벤다졸을 삼킨 그.

그는 고개를 돌려 신경외과의들에게 덧붙였다.

"오진이 아니었다는 건 이해해 보겠지만 그래도 용서가 안 됩니다… 가주세요."

고개를 살짝 숙여 보인 신경외과장은 몸을 획 돌렸다. 벌써 두 번째 마찰. 도수 덕분에 아무 문제 없었던 자신의 경력에 두 번이나 스크래치가 났다고 생각한 그는 손톱이 살갗을 파고들 만큼 세게 주먹을 쥐었다.

제3장

센터장 업무

연구실로 돌아간 신경외과장은 정영록을 불러다 놓고 입을 뗐다.

"내가 잘못 생각했다."

"무슨 말씀이신지……."

"네가 안일했다고 생각했어."

신경외과장이 말을 이었다.

"그런데 아니다. 보통 놈이 아니야. 이상한 게 우리 병원에 굴러들어 왔어."

"…제 생각도 같습니다."

누구보다 도수에게 가장 큰 위협을 느끼는 사람.

그는 바로 정영록이었다.

단순히 도수가 신경외과 영역을 침범해 망신을 줬기 때문만이 아니었다.

진짜 문제는 한 핏줄이라는 것에 있었다.

도수야 병원의 이권에 관심이 없다고 했다지만, 사람 마음은 언제 바뀌어도 이상하지 않은 법.

더욱이 이사장이 그를 굉장히 마음에 들어 하니 언제 상황이 변해도 이상하지 않았다.

'젠장.'

순항하고 있던 정영록의 야망이 통째로 흔들리는 순간이었다.

"내보내야 합니다."

그가 말을 이었다.

"이사장님을 등에 업고 병원 내의 질서를 제멋대로 흔들고 있습니다. 과별로 정해진 경계도 마음대로 넘나들고 있고요."

"응급외상센터라."

톡, 톡······.

팔걸이를 손가락으로 두드리던 신경외과장이 입을 열었다.

"조근현 교수랑 김용찬이. 기존 응급외상센터 인력들과 얘길 한번 해봐야겠다."

정영록이 고개를 주억거렸다.

"분명 불만이 있을 겁니다. 굴러들어 온 돌이 외상센터를 혼들고 있으니까요. 센터장 자리는 날아갔고 경쟁자는 늘었고 이사장님 직속 라인이 되면서 다른 과에선 배척하고…….

전부 타 병원 인력에 일거리까지 늘 판이니 그쪽도 이도수를 탐탁지 않게 생각할 겁니다."

"말은 똑바로 하지. 난 센터장을 탐탁지 않게 생각하는 게 아니야."

신경외과장은 은근히 발을 뺐다.

"우리 병원을 걱정하는 걸세. 그동안 우리 선배들이 지켜왔던 전통과 규율이 무너지는 걸 염려하는 거야."

"…물론입니다."

그렇게 대답하면서도 정영록은 속으로 욕지거릴 뱉었다.

'여우 같은 늙은이.'

아니나 다를까, 신경외과장은 이 자리를 만들기도 전부터 계획했을 본론을 꺼냈다.

"조근현 교수가 자네랑 동기지, 아마?"

"예."

"이런 얘기는 동기끼리 편히 얘기해야지 않겠나? 나야 이제지는 해지만 자네들은 이제부터 우리 병원을 이끌어갈 주역이니."

아니.

전혀 그렇게 생각하고 있지 않을 것이다.

어떻게든 과장 임기를 늘리려는 신경외과장이다.

하지만 정영록은 그걸 알고 있으면서도 비위를 맞추었다.

"좋게 봐주셔서 감사합니다. 신경외과나 응급의학과나 서로 협업하는 관계이니 그렇지 않아도 자리를 한번 가져야겠다고 생각하고 있었습니다."

"좋은 생각이야. 자네 같은 제자가 있으니 아주 든든하구 면."

신경외과장은 그제야 흡족한 웃음을 보였다.

*   *   *

"에휴… 천하대병원도 다를 게 없네요."

강미소가 한숨을 푹 쉬었다.

도수가 그녀에게 시선을 주었다.

"뭐가요?"

"그렇잖아요! 센터장님이 자기들이 쩔쩔매던 촌충을 찾아주 셨는데 고맙단 말 한마디 없고."

"기대도 안 했습니다. 그 환자, 내과로 트랜스퍼 하는 건 어 떻게 됐어요?"

외과적 치료가 아닌 내과적 치료가 필요한 환자다.

응급실에는 미리미리 자리를 비워놔야 하니 입원환자는 내 과 병동으로 보내는 게 맞았다.

"안 그래도 그 말씀 드리려고 했어요. 트랜스퍼는 끝냈고요. 내과 갔다가 윤형근 과장님 만났는데 조만간 센터장님을 찾아뵙겠다고 하시던데요?"

내과과장 윤형근.

천하대병원 타이틀에 걸맞은 권위자이자 이 병원의 진료부 원장이었다.

"그래요?"

도수는 형식적으로 물었지만 별 관심을 두지 않았다. 정작 관심은 다른 데 있었다.

"레지던트 면접은요?"

"여기요."

강미소가 정리해 둔 이력서를 내밀었다.

이력서는 총 여덟 장.

"이것밖에 안 돼요?"

"응급실이잖아요."

"……"

도수는 고개를 끄덕였다. 응급의학과는 많은 의사들이 기피하는 과였다. 하지만 그렇다 하더라도, 앞으로 하려는 일을 위해선 최대한 인력을 보충해야 했다.

"바빠질 거예요."

팔락.

그가 이력서를 넘겨 보며 말했다.

다른 의사라면 표정이 일그러졌을지도 모르지만 그걸 위해 이곳까지 따라온 강미소는 볼까지 붉히며 흥미진진한 미소를 지었다.

"바라던 바입니다!"

그러고는 나지막이 덧붙였다.

"그건 그렇고, 맨 뒷장 좀 보세요."

그녀를 일별한 도수는 이력서를 휙휙 넘겨 마지막 장으로 갔다.

그러자.

"어?"

전혀 뜻밖의 인물이 기다리고 있었다.

"임재영?"

"그러게요. 센터장님 나가시고 인턴 끝나자마자 쫓아 나왔다더라고요. 정말 미친 거 아네요?"

미쳤다는 말이 나올 수밖에.

도수야 특별한 경우고, 일반적인 경우 레지던트 1년 차가 병원을 옮긴다는 건 그리 바람직한 모습이 아니었다. 적어도 다른 병원에 취업하려 해도, 병원 관계자들이 그렇게 볼 것이다.

그런데 임재영은 의사로서의 인생이 걸린 문제를 두고 이런 과감한 모험을 한 셈이다.

"내가 안 받아주면 어쩌려고?"

"제 말이요."

강미소가 말을 이었다.

"그래서 말인데… 임재영 선생, 인턴 때도 정말 열심히 했어요."

"……"

"그리고 솔직히 우리 편이 한 명이라도 더 있으면 좋죠."

"우리 편?"

"나머진 전부 다 천하대병원 출신이잖아요."

"니 편 내 편이 어딨어요?"

도수가 미간을 찌푸리자 강미소가 흠칫했다.

"뭐, 꼭 그런 뜻은 아니지만… 솔직히 천하대병원 출신들도 자기들끼리 동질감이 있을 거 아니에요? 우리라고 편먹으면 안 되나, 뭐?"

"강 선생."

나지막이 주의를 주는 도수.

강미소는 한쪽 입꼬리를 올리며 썩소를 지었다.

"말이 그렇다고요."

전혀 말만 그런 것 같진 않았지만.

도수는 이력서를 챙겨서 몸을 일으켰다.

"면접 들어갔다 올게요. 무슨 일 있으면 콜 하시고요."

"넵, 염려 마시옵소서."

고개를 끄덕인 도수가 의국을 나서서 면접장으로 갔다. 그곳에는 조근현 교수와 이사장이 먼저 와서 기다리고 있었다.

먼저 입을 연 건 이사장이었다.

"또 한 건 했더군."

"소문이 빠르네요."

도수가 엉덩이를 붙이며 대수롭지 않게 답하자.

빙그레 웃은 이사장이 말했다.

"자네 손이 빠른 거겠지."

"…더 빨라질 거예요."

"그래야 할 거야. 그래서 인력을 충원해 주는 거니까."

두 사람을 보던 조근현은 내심 고개를 저었다. 전국 어느 병원 응급실이든 다른 과보다 분주할 수밖에 없다. 하물며 대한민국에서 가장 크고 좋은 위치에 있는 천하대병원 응급실은 말할 것도 없었다. 그야말로 환자가 '밀려들어 온다'는 말이 정확했다.

한데 도수는 응급외상센터장으로 부임한 뒤 조금씩 응급의학과의 영역을 넓히려 하고 있었다. 궂은 수술을 도맡아 하질 않나, 일 년에 한두 번 뜰까 말까 하던 긴급 구조용 헬기를 매일같이 가동하고, 이제는 타 과 환자들까지 받고 있는 것이다. 그리고 마치 이 모든 활동들을 앞으로도 활성화시키겠다는 듯 인력까지 충원하고 있었다. 아로대병원에서 새로운 인력이 온 지 얼마나 됐다고 레지던트를 뽑는단 말인가?

하지만 조근현은 차마 이사장 앞에서 이러한 불만을 표출할 수 없었다. 이사장이 보기에 이런 불만은 일이 많아서 싫다는 직원의 불평처럼 느껴질 것이기 때문이다.

그들이 잠시 기다리자 면접장 안으로 첫 번째 면접자가 들어왔다.

"안녕하십니까! 천하대병원에서 인턴 과정을 밟고 응급의학과 레지던트로 지원하게 된 남민수입니다!"

꾸벅.

고개를 숙인 남민수가 자리에 앉았다.

이사장이 이력서를 넘기며 말했다.

"인턴 성적이 좋구먼."

"감사합니다."

"이 정도 성적이면 어느 과든 갈 수 있었을 텐데. 왜 하필 응급의학과를 지원하는 건가?"

그에 남민수의 시선이 도수를 향했다.

"이도수 센터장님이 계시기 때문입니다."

"센터장 때문에?"

"네. 인턴 돌던 시절부터 존경해 왔습니다."

살짝 미간을 찌푸린 조근현이 물었다.

"어떤 점을?"

"라크리마에서 목숨 걸고 사람을 살리시고, 천하대병원에 오신 후에도 어려운 수술을 척척 해내시는 걸 보며 전율했습니다. 아! 이런 의사가 되어야겠다… 생각하면서요."

"특이하군. 인턴들 중에는 센터장님을 질투하는 시선도 많다고 들어서."

"그런 소문이 있긴 하지만 전 아닙니다! 나이나 학벌이 아닌 실력으로 인정받아야 한다고 생각합니다……!"

"지나치게 씩씩해. 이런 스타일은 금방 번아웃 되는데."

"그럴 일 없을 겁니다. 전 응급의학과에 지원하기 전에 단단히 각오했습니다."

고개를 끄덕인 도수가 입을 열었다.

"집에도 잘 못 들어갈 겁니다. 아로대학병원 응급외상센터의 경우 일 년에 귀가하는 횟수가 열 손가락 안에 드는 의사들이 태반입니다. 물론 천하대병원에선 최대한 표준 근무시간을 준수하겠지만 생각처럼 쉽지 않을 수도 있습니다. 설령 그렇게 되더라도 기꺼이 환자를 위해 헌신할 수 있는 의사를 원하고요."

"각오하고 있습니다. 제 최종 목적지가 응급외상센터라고 말씀드릴 순 없지만 응급외상센터에서 많은 케이스를 접하며 외과의로서 성장하고 싶습니다."

"그건 약속할 수 있습니다."

대답한 도수가 나머지 두 사람을 보았다.

"……"

질문을 끝낸 건 이사장이었다.

"수고했네."

"감사합니다!"

고개를 꾸벅 숙인 남민수가 나갔다.

그러자 빙그레 미소 지은 이사장이 말했다.

"의지가 남다르군."

"오히려 그래서 조금 걱정됩니다."

조근현이 대답했고.

도수가 고개를 저었다.

"그렇게 하나하나 문제 삼으면 어떻게 뽑겠습니까?"

"뭐라고요?"

"같이 일하면 알게 되겠죠."

"……"

조근현이 그를 쏘아보고.

도수는 개의치 않고 다음 사람을 불러들였다.

그렇게 여섯 명.

다들 응급의학과에 대한 열정을 표출했다. 아니, 어쩌면 도수와 같이 근무할 수 있는 환경에 대한 의지를 보인 건지도 모른다.

모든 지원자들의 지원 동기는 단 하나.

바로 도수였던 것이다.

"인기가 대단하군."

이사장의 말에 도수가 고개를 내저었다.

"아직 실무를 못 해봐서 그래요."

겉보기엔 의사답고 멋져 보일지 몰라도 실제로 그 부담감과 피로감에 시달리다 보면 진저리를 치게 마련이다. 아로대학병원 응급외상센터에선 하루 이틀을 못 버티고 병원을 떠난 레지던트들도 있을 정도였다.

마지막 지원자, 임재영의 면접에 앞서 도수가 말했다.

"티오가 하나뿐인 건 알지만 둘로 추려서 한 달 정도 실무를 시켜보면 어떨까요?"

그 제안에 조근현이 토를 달았다.

"전례 없는 일입니다."

"전례는 만들어가는 겁니다."

간단히 대답한 도수가 이사장을 응시했다.

그 눈길을 받고 있던 이사장이 턱을 괴며 말했다.

"전례는 없어도 일리는 있는 말이야. 응급외상센터의 특수성을 생각해 보면 그렇게 인력을 뽑는 편이 향후 더 도움이 될 수도 있겠군."

"네. 점수를 매겨서 한 명만 남기면 됩니다. 사람이 바뀌는 것보단 나으니 그렇게 뽑으시죠."

조근현이 설마 하고 있는 찰나.

이사장이 순순히 고개를 끄덕였다.

"그렇게 하지."

"하지만 이사장님……."

"조 교수, 이 정도는 내 권한으로 처리할 수 있네. 그렇지?"

"…맞습니다."

"더 효율적인 방법은 받아들여야지. 자, 그럼 다들 바쁠 테니 마지막 사람 들이지."

그리고 머지않아 임재영이 문을 열고 들어왔다.

"안녕하십니까. 아로대학병원 응급외상센터에서 근무하던 임재영입니다."

"아, 그래."

이사장이 말을 이었다.

"여기 이도수 센터장과는 구면이지?"

"같이 일했었습니다."

도수가 대답했고.

임재영이 덧붙였다.

"하지만 이번 지원과는 아무 연관이 없습니다. 개인적으로 이도수 센터장님을 존경해 왔지만 그뿐입니다."

"그럼 왜 군이 아로대학병원을 그만둬 가면서까지 저희 병원에 지원하신 겁니까?"

도수가 묻자 임재영이 꼿꼿이 답했다.

"천하대병원에서 인정받고 싶었기 때문입니다. 천하대병원 응급외상센터에는 출동 인력이 부족하다고 알고 있습니다. 하지만 전 응급구조사 자격증과 헬기 레펠 경험도 있습니다."

불과 몇 달이 지났을 뿐인데.

임재영의 분위기는 사뭇 달랐다.

도수가 그런 생각을 하고 있는 순간.

삐비비빅. 삐비비빅.

호출기가 울렸다.

'긴급'이다.

"환자입니다."

반통보식으로 양해를 구한 도수는 자리에서 일어나며 임재영에게 말했다.

"다른 지원자들 데리고 따라오세요. 실력 좀 봅시다."

도수는 레지던트 1년 차들을 줄줄이 달고 응급실로 향했다.

환자 앞에 도착한 레지던트들이 숨을 헐떡이며 도수를 바라보았다.

"헉, 헉……."

그들은 도수를 새삼스러운 시선으로 바라봤다.

'뭐가 이렇게 빨라?'

손만 빠른 줄 알았는데.

발도 빠르다.

아니, 체력이 좋다고 해야 하나?

이 넓은 천하대병원을 가로질렀는데도 숨소리 하나 흐트러지지 않았다.

물론 도수가 이런 체력을 가지게 된 건, 투시력의 도움이 컸다. 투시력을 언제든 쓸 수 있도록 만들기 위해 남들 자는 시간에 일찍 일어나 아침마다 병원 주위를 뛰었던 덕분이다.

환자 앞에 선 도수의 두 눈이 빛났다.

샤아아아아아아.

먼저 환자를 보고 있던 강미소가 설명했다.

"복수가 찬 환자입니다."

도수는 고개를 끄덕였다.

"이 정도면 복수천자(腹水穿刺: 주사로 복수를 빼내는 것)가 필요하겠죠. 누가 해보겠습니까?"

"……!"

레지던트들이 눈을 부릅떴다.

대뜸 복수천자라니.

물론 레지던트 1년 차 정도면 복수천자 정도는 꿰고 있다. 하지만 같은 레지던트 1년 차라도 이곳에 모인 이들은 인턴을 막 뗀 초짜들. 실제로 해본 경험은 없거나 몇 번 없었다.

게다가.

무엇보다 큰 문제는 실수했을 때의 부담감과 두려움.

도수가 물었다.

"아무도 없습니까?"

그때 번쩍 팔을 드는 사람이 있었다.

"제가 한번 해보겠습니다."

용기를 낸 레지던트는 남민수였다.

도수가 고개를 끄덕였다.

"좋습니다."

그러자 남민수가 진지한 얼굴로 간호사에게 필요한 도구들을 주문했다. 어조나 태도에서 자신감이 묻어났다. 과연 천하대병원에서 우수한 성적으로 인턴을 마친 인재답게 능숙했다.

하지만 여전히.

불안 요소는 남았다.

그가 아닌 환자가 불안감을 느낀 것이다.

"끙… 혹시 처음 해보시는 건 아니죠? 어쩐 실험용 쥐가 된 느낌인데……."

상의를 걷으면서도 겁먹은 기색이 역력하다.

그러든 말든 도수는 개입하지 않고 담담하게 지켜봤다.

이내 남민수가 차분하게 대답했다.

"환자분, 저는 레지던트 1년 차인 남민수라고 합니다. 교수님들보다야 경험이 부족하지만 이 정도는 저도 충분히 할 수 있습니다. 마음 편히 드시고 안심하셔도 되세요."

부드러운 미소를 본 환자의 안색이 펴졌다.

"알겠습니다… 믿을게요, 선생님."

"감사합니다."

남민수는 그가 보여준 자신감만큼이나 능숙한 솜씨로 배에 바늘을 찔러 넣고 튜브를 연결해 복수를 빼내기 시작했다.

쉬이이이이익.

"와우."

강미소는 감탄을 숨기지 않았다. 단번에 복수천자를 성공하다니, 얼마 전까지 여러 과를 돌던 인턴이라고 생각하기 힘들 만큼 정확하고 신속했기 때문이다.

다른 레지던트들도 부러움 반, 질투 반의 시선으로 남민수를 바라보고 있었다. 서둘러 자원하지 않은 게 후회되는 눈치였다.

바로 그때.

도수가 말했다.

"그만."

"예?"

남민수가 당황하자.

도수는 말없이 환자에게 다가가서 튜브를 제거했다. 복수가 다 빠져나가지 않은 시점이었다.

환자는 눈을 동그랗게 떴고.

다른 레지던트들의 표정도 다르지 않았다.

간호사에게 주삿바늘과 튜브를 건넨 도수가 입을 열었다.

"여기까지. 이 이상 복수를 빼내면 위험합니다."

"……!"

남민수는 뒤통수를 한 대 맞은 기분이었다.

복수를 빼내라고 할 땐 언제고 이제 와서 딴소리란 말인가?

복수천자를 성공적으로 마치고 의기양양했던 가슴이 차갑게 식었다.

"무슨 말씀이신지……."

"의사는 끊임없이 의심해야 하죠."

"아……."

"환자 상태를 정확히 파악하지도 않은 상태로 치료를 들어갑니까?"

날 선 일침이었다.

도수가 자기 입으로 복수천자를 지시했으니 교묘한 함정이라고 생각할 수도 있겠지만.

단지 복수천자를 하라고 했지, 환자가 어떤 상태이며 얼마나 빼내라고 지시한 적은 없기에 그를 탓할 수는 없는 노릇이었다.

남민수는 고개를 숙였다.

"…죄송합니다."

도수는 환자를 보며 말했다.

"현재 적정량의 복수를 빼낸 시점입니다."

그리고 남민수를 향해 고개를 들며 말을 이었다.

"남 선생이 환자 몸에 손을 댄 순간부터 모든 책임은 남 선생이 져야 합니다. 환자 아닌 누구한테도 미안할 필요 없어요. 단, 그러려면 누군가한테 의지해선 안 됩니다. 어떤 상황이든 본인이 판단하고 스스로의 판단을 믿을 수 있어야 해요."

"……."

남민수는 그 말을 마음에 새겼다. 다른 레지던트들도, 심지어 강미소에게도 귀감이 되는 이야기였다.

모두가 감명받았지만.

도수의 테스트는 끝이 아닌 시작에 불과했다. 그는 아무런 내색 없이 이어서 물었다.

"복수천자를 멈춘 이유는?"

"……."

대답은 돌아오지 않았다.

강미소만이 정답을 아는 눈치로 입을 다물고 있을 뿐이었다.

스윽.

한 사람, 한 사람 면면을 일별해도 대답이 나오지 않자 도수가 환자를 보며 다시 입을 열었다.

"복수를 대량으로 뽑으면 순환허탈(Circulatory Collapse: 흉수나 복수를 한 번에 대량으로 뽑았을 때 생기는 순환계 문제)이 생길 수 있습니다. 재팽창성 폐부종(Reexpansion Pulm Onary Edema: 다시 복수가 차는 현상)을 동반할 수 있고요. 이러한 순환장애가 발생했을 때 주로 어떤 문제가 생기죠?"

모두가 고민하는 사이.

임재영이 선수를 쳤다.

"신장 기능이 악화됩니다."

"신장 기능이 악화되면?"

도수가 다시 묻자.

임재영이 또박또박 대답했다.

"간신증후군(Hepatorenal Syndrome)이 나타납니다."

"부작용을 막기 위한 방법은?"

"……."

이번에는 대답이 나오지 않았다.

다시 한번 레던트들을 둘러본 도수가 그 해답을 내놓았다.

"이를 예방하기 위해 혈장증량제를 투여합니다. 하지만 그 전에, 이 환자분의 경우 자연적으로 복수가 감소하는 걸 기대해 볼 수 있습니다. 일정량 복수의 양을 감소시켜 급한 불을 껐으니 이차적인 치료는 자연 치유에 맡겨보죠."

도수가 환자에게 말했다.

"술, 담배 끊으셔야 하고 매일 제가 드리는 식단표대로 드시는 게 좋습니다. 동물성단백질보단 식물성단백질이 낫고요. 앞으로도 음주나 흡연은 불가하고 식단도 삼 년 이상 유지하시는 게 좋습니다."

"끄응… 그리 살 바엔 죽고 말죠."

"아직 덜 아프셔서 그래요."

도수는 냉담하게 말을 이었다.

"이 이상 악화돼서 다시 병원에 오시면 그땐 정말 방법이 없을지도 모릅니다. 느끼시는 것보다 몸 상태가 좋지 않아요. 보호자분께도 따로 말씀을 드리겠지만 본인의 의지가 가장 중요합니다."

"……."

"살고자 하는 의지가 있어야 몸도 도와요."

살벌한 이야기를 들은 환자의 표정이 우거지상이 됐다.

"그럼 오늘 푹 쉬시고 내일 뵙겠습니다."

고개를 숙여 보인 도수는 병실을 나섰다. 그리고 병실 문 앞에서 걸음을 멈추더니 뒤를 돌아보며 말했다.

"남민수 선생, 임재영 선생만 따라오세요. 나머지 분들은 돌아가서도 좋습니다."

"예?"

"저도 할 수 있었는데……."

여기저기서 반발이 솟구쳤지만, 도수는 짤막하게 일단락했다.

"다른 분들이 더 못한 의사라는 뜻이 아닙니다. 다만 우리 응급외상센터는 특성상 환자를 위해 언제라도 발 벗고 뛰어들 수 있고, 때론 실수도 두려워 않는 성향의 인재가 필요할 뿐입니다. 수고하셨습니다."

"……."

다른 레지던트들은 구시렁거리며 자리를 떴다.

뒤에 남겨진 남민수와 임재영은 웃음을 참으며 서로를 봤다.

하지만 티오는 한 명뿐.

그들은 모르겠지만 이 병원에 남을 사람도 한 명뿐이다.

도수의 입이 열렸다.

"가죠."

그들은 다음 환자를 보러 갔다.

갑작스레 사지마비가 진행되고 있는 환자였다.

샤아아아아아.

투시력을 쓰며 그가 물었다.

"좀 어떠세요?"

"괜찮습니다."

시체처럼 누운 환자가 말을 이었다.

"저 언제 수술하죠?"

"곧 수술 날짜가 정해질 겁니다. 마비 범위가 계속 넓어지고 있기 때문에 늦어도 내일 중에는 수술 들어가실 것 같습니다."

환자의 문제를 일찍이 파악하고 있던 도수는 이 환자의 CT와 MRI 사진을 남민수와 임재영에게 건넸다.

"……!"

두 레지던트의 눈이 화등잔처럼 커졌다.

"이건……."

"아무 문제가 없는데, 어째서……?"

그들은 환자의 원인을 감도 잡지 못하고 있었다. 대부분 레지던트들은 사진을 지도처럼 보고 문제를 찾아내게 마련인데,

사진에 아무런 문제가 없으면 사고에 제한이 생긴다.

이들 역시 마찬가지였고.

도수가 명함을 건네며 말했다.

"기한은 오늘 자정까지. 제 메일로 보내세요."

마비가 진행되는 원인을 알아 오란 뜻.

두 사람은 고개를 끄덕였다.

"알겠습니다……."

하지만 그리 자신만만해 보이지 않았다. 오히려 의기소침해
보였다. 도수의 말에서 그들이 합격한 게 아니란 사실을 깨달
은 것이다.

그들이 어떤 생각을 하든.

도수는 개의치 않고 말을 이었다.

"원인을 밝혀낸 사람만 모레 있는 헬기 레펠 교육을 들을
수 있을 겁니다."

군 복무 시절과 아로대학병원 시절에 훈련받은 적 있는 레
펠이야말로 임재영이 자신 있는 종목이었지만, 안타깝게도 필
수 종목으로 채택되진 않았다.

숙제의 정답을 둘 다 맞추거나, 적어도 자신은 맞춰야 레펠
실력을 뽐낼 기회가 올 터였다.

'해낸다……!'

임재영은 그런 의지를 불태우며 남민수를 의식했다. 처음
도수가 자신을 떼놓고 천하대병원으로 간 걸 알았을 땐 서운

한 마음도 있었지만, 그와 함께 근무했던 짧디짧은 시간이 잊히지 않아서 지원한 길이다. 절대 그 기회를 다른 사람에게 빼앗기고 싶지 않았다.

한편 남민수도 그를 흘깃 봤다.

'내가 간다.'

원래 일 지망이었던 흉부외과까지 포기하면서 남들이 피하는 응급의학과에 지원한 참이다. 그것도 어느 과든 지원할 수 있는 인턴 성적을 가지고서. 이 모든 건 눈앞에 있는 도수의 영향이었다. 그에게 당대 최고의 써전과 수많은 수술을 해보는 건 목숨을 걸어서라도 얻어야 할 경험이었다.

'절대 양보할 수 없어.'

그렇게 두 사람은 벌써, 소리 없는 전쟁을 시작하고 있었다.

*　　　　　*　　　　　*

그 시각.

천하대병원 이사장실에는 퇴원 준비를 마친 임옥순 여사와 그 손녀 나유하가 와 있었다.

"이도수 센터장을 불러 드리겠습니다."

"아니에요."

임옥순이 고개를 저었다.

"바쁜 사람 오라 가라 할 생각 없습니다. 그저 이사장께 인사도 할 겸, 부탁이 있어서 찾아온 것뿐이에요."

"부탁이 있으시다고요?"

"그래요."

주름진 입가에 웃음기가 맺혔다.

"곰곰이 생각해 봤어요. 우리 이도수 선생한테 뭘 해줘야 할까. 내 생명의 은인인데 말이에요."

"뇌물은 곤란합니다. 허허허."

이사장이 실없는 농담을 던지자 어깨를 으쓱인 임옥순이 말을 이었다.

"그러니까요. 이 늙은이가 가진 거라곤 재물밖에 없는데."

"너무 개의치 마십시오. 센터장도 뭔가를 바라고 한 일이 아니니까요. 우린 의사이니 환자를 치료하는 게 일입니다."

"알아요. 하지만 제가 듣기로 이도수 선생이 제 목숨을 위해 자신의 커리어까지 걸었다던데?"

'심장 성형술'은 성패를 확답할 수 없는 수술이었으니 틀린 말은 아니었다.

이사장이 고개를 끄덕였다.

"그런 면이 없잖아 있었지요."

"그래서 좋은 기회를 만들어주려고요. 우리 깐깐하신 이사장께서 재물로 보답하는 건 안 된다 하니, 우리 오성병원과 자매결연되어 있는 동일본대학병원으로의 한 달 연수를 주선해 드릴까 합니다."

"이도수 센터장을요?"

"아뇨. 센터장뿐만 아니라 가길 희망하는 응급외상센터 소속 의사라면 누구든지요."

"…응급외상센터는 굉장히 바쁜 곳입니다. 한 달씩이나 응급외상센터 인원들이 자리를 비운다는 건……."

"교대로 나눠서 연수를 보내세요. 모든 비용은 오성그룹에서 지원합니다."

빙그레 웃는 임옥순.

그렇게까지 말하자 이사장은 도저히 거절하기 힘들었다.

동일본대학병원이라면 일본에서 가장 명망 높은 병원 중 하나.

무엇보다 세계 최고 수준의 응급외상 시스템을 갖춘 곳이다. 또한 세계 최고의 흉부외과의 아사다 류타로가 떡 버티고 있는 곳이기도 했다.

두 가지나 세계 일등을 하는 병원인 이상 배울 점이 어마어마하게 많을 것이다.

특히 연수 대상이 응급외상센터라면.

"…감사합니다. 이도수 센터장에게 의사를 물어보겠습니다."

"그래요. 가기 힘들면 직접 가지 않아도 됩니다. 그저 내 목숨을 구해준 팀에게 내가 갚고 싶어서 보이는 작은 보은일 뿐이니. 이번 기회를 계기로 천하대병원도 동일본대학과 좋은 관계를 쌓아봐요."

"일본의 의학 발전 속도는 대단하죠."

"국내 권위자들도 미국, 유럽은 몰라도 일본은 인정한다고 들었습니다."

"누가 더 낫다고 비교할 순 없지만 서로 배울 점이 있는 것만은 확실합니다."

"좋은 기회가 될 거예요."

"감사합니다."

이사장은 가볍게 목례했다.

그러자 임옥순이 턱을 괴고 말했다.

"별말씀을. 이번 연수에는 우리 유하도 같이 갈 거예요. 오성그룹 계열사인 오성병원의 발전을 위해선 미리미리 다른 나라의 병원 시스템을 파악해 둬야 하거든."

제4장

마음가짐

그날 밤.

도수는 휴대폰 메일을 확인했다.

두 통의 메일이 도착해 있었다.

"……"

한 명이라도 정답에 근접하면 선방한 거라고 생각했건만.

두 사람 모두 환자의 환부를 정확히 파악했다.

척추로 날아간 색전.

'제법이군.'

색전은 발생한 지 여섯 시간 이내일 경우 CT 사진상에 명확히 드러나지 않는다.

레지던트들이 본 것 역시 CT 사진.

그들이 특별한 문제가 나타나지 않은 CT 사진만 보고 색전을 찾아낸 것은 칭찬해 줄 만한 일이었다.

'머리 싸맸겠군.'

도수가 피식 웃는 순간.

누군가 연구실 문을 두드렸다.

똑똑.

"들어오세요."

철컥, 문을 열고 들어선 사람은 정영훈이었다.

"동생."

씨익 웃는 그.

도수는 건조하게 대답했다.

"병원에선 직함으로 불러주시는 게."

"아, 그렇지. 센터장님."

"무슨 일이십니까?"

정영훈은 대답 대신 양손에 들고 있는 비닐 봉투를 내밀었다.

"저녁 거르셨을 것 같아서."

"그게 용건은 아닐 것 같지만……."

도수가 의자를 가리키며 말했다.

"앉으세요."

고개를 끄덕인 정영훈이 다가와 자리에 앉았다. 그러고는 비닐 봉투에서 모락모락 김을 피우고 있는 핫바와 시원한 사이다를 내놨다.

"없는 돈에 사 왔습니다."

치익.

사이다 캔을 딴 도수가 물었다.

"용건은요?"

"그래도 오랜만에 만난 사촌지간인데 이렇게 서늘하기 있나… 요?"

어색하게 '요' 자를 붙인다.

도수는 사이다를 한 모금 들이켜고 말했다.

"그건 용건 들어보고 판단하죠."

"내가 가져온 정보를 아시면 기겁하실 텐데."

"사 오신 음식은 잘 먹겠습니다."

도수가 자리에서 일어나려 하자.

정영훈이 두 손을 허우적대며 말했다.

"아이, 왜 이러시나? 앉아요."

도수는 꿈쩍도 하지 않았다.

여전한 태도에 고개를 절레절레 저으며 한숨을 내쉰 정영훈이 입을 열었다.

"아까 우리 형님… 그러니까 신경외과 정영록 교수께서 응급의학과 조근현 교수를 은밀하게 찾아가셨더랍니다."

"그래서요?"

"그래서?"

정영훈이 눈을 동그랗게 떴다.

"이런 고급 정보를 듣고도 그렇게 태연하기입니까?"

"어떤 점에서 고급 정보라는 건지."

"비극적이지만 형님은 우리 센터장을 굉장히, 아주, 무척 거북하게 생각합니다."

"그런데요?"

"제 생각에는 엄승진 환자 이야기가 오갈 것 같은데."

"그 이름이 왜 나와요?"

"조근현 교수가 색전 제거 수술에 못 들어가면 대안 있습니까? 김광석 교수님은 그 시간에 수술 일정이 잡혀 있고. 그 환자, 한시가 급하다고 알고 있는데."

"타 과 일에 관심이 많으신 듯합니다."

"그건 센터장님도 마찬가진 것 같고."

"그래서… 정영록 교수가 환자 목숨을 걸고 장난질을 친다?"

"솔직한 말로 딱 좋은 케이스 아닙니까? 아직 색전이라고 확실히 밝혀지지도 않은 상태에서 수술하겠다고 했으니."

CT 결과에 '이상 없음' 소견이 나왔으니 MRI를 찍어보는 게 정석이었다.

하지만 이미 사지마비가 온 환자에게 MRI 순번을 기다리라고 할 수도 없는 노릇.

'응급'으로 분류해 우선순위로 MRI 검사를 받게 하기도 정확한 진단명이 나오지 않았으니 애매한 상황이었다.

이런 상황에서 수술 가능한 전문의가 부족해 수술이 미뤄진다면?

그로 인해 환자가 잘못된다 해도 병원 측은 FM대로 한 것뿐이니 책임 소지가 없다.

그렇게 되면 환자 유가족들은 분명 '색전 제거 수술'을 주장하면서도 차일피일 수술을 미룬 주치의 도수를 물고 늘어질 터.

최악의 경우 법정 싸움까지 갈 수도 있다.

승소한다 해도 상처뿐인 상처가 되는 셈이다.

그럼에도 도수는 눈 하나 깜짝하지 않았다.

"한 가지는 확실히 하죠."

"뭘……?"

"저는 조근현 교수를 믿습니다."

"아직 병원 정치를 잘 모르나 본데……."

"아뇨."

도수는 정영훈을 직시하며 말을 이었다.

"그분도 의사입니다. 의심조차 하면 안 될 의심을 하고 싶진 않습니다."

"물론 나도 그분을 의심하고 싶진 않아요. 하지만 일 터지고 후회하는 것보다야 낫지. 그래야 대안이라도 세울 거 아뇨."

"그럴 필요 없습니다."

"그러니까 왜?"

반사적으로 질문을 던지는 정영훈.

그런 그에게, 도수는 답답함을 한 번에 깨부숴 주는 한마디를 뱉었다.

"어차피 조근현 교수를 수술실에 데리고 들어갈 생각이 아니었으니까."

"뭐라고?"

"그보다 제가 궁금한 건."

도수는 호랑이 같은 눈으로 물었다.

"왜 평생 함께 산 형보다 생전 처음 보는 사촌 동생을 돕는 겁니까?"

"······."

그 시선을 회피하지 않은 정영훈이 대답했다.

"남보다 못한 혈육이란 말이 있죠. 내게 우리 형 정영록 교수는 그런 존재입니다. 원래는 존경하는 형이었을지 몰라도, 지금은 야망에 잡아먹힌 괴물에 불과해요."

"······."

도수가 대답하지 않자 그가 말을 이었다.

"그런데 하필 이때 이도수 센터장이 그 양반의 야심을 가로막았습니다. 의도하지 않았겠지만, 정영록 교수에게 중한 건 의중이 아닌 의심이에요. 이도수 센터장이 자신이 한평생 꿈

뀌온 할아버지의 재단을 통째로 삼킬지 모른다는 의심."

그 순간.

도수가 불쑥, 피식하고 웃었다.

"왜 웃어요?"

"그냥… 그딴 게 생명을 구하는 일보다 중요한가 싶어서."

"그건……."

"제가 돈과 권력에 관심 없는 이유는 간단해요."

"……?"

"성인군자라서? 아닙니다."

"그럼?"

정영훈이 묻자.

도수가 위화감이 풍기는 미소를 띠며 대답했다.

"어떤 일도 죽어가는 생명을 살렸을 때의 희열에 미치지 못합니다. 세상 모든 건 손에 넣으면 질리지만 이 일은 끝이 없어요. 제 삶엔 이 이상의 자극도, 이 이상의 성취도 존재하지 않습니다."

*　　　*　　　*

그 시각.

정영훈의 예상은 절반만 맞았다.

정영록과 조근현은 동기 간에 술자리를 가졌다.

그러나 조근현은 술을 입에 대지 않았다.

술잔을 밀어낸 그가 물었다.

"난 물 마시지."

"오랜만인데 너무 쌀쌀맞은 것 아닌가?"

정영록이 서운한 투로 대꾸했지만.

조근현은 조금도 흔들리지 않았다.

"언제 콜이 올지도 모르고."

"쉬엄쉬엄해. 우리도 이젠 그럴 위치가 됐잖아."

"신경외과는 그런가?"

"하하하하……."

너털웃음을 터뜨린 정영록이 고개를 저었다.

"좋은 음식 앞에 두고 무슨 기 싸움이야? 그런 뜻 아니니 오해 말게."

"오해가 생겨. 그러니 본론부터 꺼내고 추억 팔이든 의기투합이든 하지. 날 왜 보자고 한 거야?"

불편한 표정.

정영록이 생각하던 것과 너무 다른 분위기였다. 그는 당황한 기색을 감추며 물었다.

"그럼 내 단도직입적으로 말하지. 이도수 센터장. 자네 자리를 꿰찼잖아?"

"내 자리였나? 그 얘긴 처음 듣는데."

"당연한 것 아닌가?"

정영록이 술을 홀짝이며 말했다.

"…나도 이도수 센터장의 수술 실력은 인정해. 하지만 그렇다고 해서 그 어린놈이 천하대병원의 룰을 제멋대로 바꾸고 우리 같은 장기근속자에게 이래라저래라 하는 건 못 참겠네."

"그래서?"

"자넨 그 녀석을 집도의로 앉히고 수술하고 싶나?"

"……."

조근현은 단숨에 물잔을 비우곤 입을 뗐다.

"네가 무슨 말을 하려는지 알겠다. 나보고 내일 수술에 들어가지 말라는 거지?"

"색전이 있는 게 확실한 것도 아니잖아? 만약 색전이 아니면? 정밀검사도 없이 환자 몸에 수술 자국을 새긴 걸 어떻게 해명할 셈이지?"

"그건 걱정할 것 없어."

피식 웃은 조근현이 덧붙였다.

"어차피 내일 수술은 나 대신 들어갈 사람이 둘이나 있으니까."

"뭐… 뭣?"

정영록은 자칫 입에 머금었던 술을 뱉을 뻔했다. 그 정도로 놀랐다. 조근현을 제외하면 응급외상센터에서 '색전 제거 수술'에 들어갈 사람이 없었기 때문이다.

김광석을 비롯한 레지던트들은 모두 수술이 잡혀 있는 상황.

"누가 들어간다는 거야? 그것도 둘씩이나?"

"그건 내일 자네 눈으로 직접 확인하고."

조근현은 겉옷을 챙기며 말했다.

"실망이군."

"뭐라고?"

정영록이 눈살을 찌푸렸지만 조근현은 눈 하나 깜짝하지 않고 말을 이었다.

"나도 이도수 센터장이 마음에 안 들어. 사사건건 부딪치고 있고. 아무리 그렇다 해도 그가 환자를 건강하게 치료했으면 좋겠다. 내 개인적인 감정은 내가 싸워야 할 부분이고, 그게 의사의 본분이야."

"너 지금……!"

"우리가 애들한테 가르쳐야 할 건 그런 것들이다. 지금 네가 하고 있는 추악한 정치질이 아니라."

"너 미쳤어? 내가 누군지 몰라?"

조근현은 고개를 저었다.

"안다. 그래도 이도수 센터장 덕분에 너한테 바른 소리도 해보는구나. 어쨌든 음식은 손도 안 댔다. 물값이랑 자릿값은 내가 셈하고 갈 테니까 나중에 딴소리 마라."

드르륵, 탁!

미닫이문을 소리 나게 닫은 조근현이 일식집 룸을 떠났다.

뒤에 홀로 남은 정영록은 이를 빠드득 갈았다.

"개자식."

그는 연거푸 술잔을 채워서 들이켰다. 머리를 망치로 한 대 맞긴 했는데 반격할 수 없는 기분. 쉽게 말해 기분 참 더럽다.

이 병원과 재단의 주인이 되고 싶다는 목표 하나로 달려왔다. 지난한 의대 공부를 마치고 수석으로 졸업했으며 인턴 성적도 일 등, 셀 수 없이 많은 수술을 성공으로 이끌었다.

그런데 지금.

그 공든 탑이 단숨에 무너질 것처럼 흔들리고 있었다.

어디서 갑자기 툭 튀어나온 이도수란 사촌이 몰고 온 바람에 하루도 바람 잘 날이 없는 것이다.

"절대 안 빼앗긴다."

평생 누군가한테 뭘 빼앗긴 적도, 무언가를 포기했던 적도 없었다. 가지고 싶은 건 전부 다 가져왔다. 그런 삶을 살아왔기에 정영록은 더더욱 이도수를 경계할 수밖에 없었다.

그 누구도 위협이 안 됐던 자신의 길에 거대한 장애물이 나타난 셈이다.

철석같이 믿었던 할아버지의 신뢰가 요 근래 도수에게로 향하는 것 역시 못마땅했다.

정영록의 머릿속은 온통 이도수에 대한 생각뿐이었다.

＊　　　＊　　　＊

다음 날 아침.

도수는 응급의학과 전원을 이끌고 회진을 돌았다.

떵.

엘리베이터 문이 열리자 백색 물결이 파도처럼 복도를 휩쓸었다.

"안녕하세요."

도수의 회진이 시작된 것이다.

그렇게 한 시간여.

회진의 마지막 환자인 엄승진에게도 발길이 닿았다.

"컨디션은 어떠십니까?"

도수가 묻자 엄승진이 망연자실한 표정으로 감각이 없는 팔다리를 응시했다.

"여전히… 아무 느낌도 없습니다. 선생님, 저 운송업만 하던 사람입니다. 다른 일은 생각해 본 적도, 해본 적도 없습니다. 그런데 갑자기… 이게 무슨 청천벽력입니까? 제발 부탁드립니다. 제가 일을 안 하면 멀리 계신 부모님 봉양도 못 해요. 두 분 다 요양원에 계십니다. 아직 제가 이 모양 이 꼴이 된 걸 말도 못 했어요. 이게 무슨 불효랍니까? 제가 일을 해야 돼요. 제가……"

목이 막히는지 목소리가 끊겼다.

그러더니 횡설수설.

같은 말을 반복한다.

"부탁드립니다, 선생님… 저를 꼭 좀 고쳐주세요. 다시 일을 해야 합니다……."

도수는 감각이 없는 그의 손목을 잡으며 말했다.

"최선을 다할 겁니다."

"부탁드립니다……."

울컥.

눈물이 주륵주륵 흘렀다.

그럼에도 엄승진은 자기 힘으로 눈물을 닦지 못했다. 다 큰 남자가 여러 사람이 보는 앞에서 엉엉 울면서도 그 모습을 감출 수조차 없는 것이다.

도수는 그를 가려 서며 어깨의 감각을 확인하는 척 손수건을 빼서 눈물을 닦아주었다.

"감사합니다……."

"혈전을 제거한다 해도 감각이 어디까지 돌아올지는 미지수입니다. 하지만 최대한 살려보겠습니다. 환자분도 그렇게 믿어야 몸이 도와줍니다. 정신이 육체를 지배한다는 말, 들어보셨죠?"

"예……."

"저를 도와주십시오. 저도 최선을 다할 테니."

"알겠습니다… 부탁드립니다… 제발."

어깨를 두드린 도수가 환자에게서 떨어졌다. 그리고 병실을 나서기 무섭게 두 사람의 이름을 불렀다.

"남민수, 임재영 선생."

"예……!"

굳은 표정의 두 사람이 나서자.

도수가 입을 열었다.

"수술 들어와요."

"……!"

그들은 주먹을 불끈 쥐었다. 안 그래도 회진하면서 환자를 도와주고 싶은 마음이 들었기 때문이다. 그러면서도 가슴 한편에선 과연 도움이 될 수 있을까에 대한 불안감이 물밀 듯 치밀어 올랐다.

"……."

그들의 시선이 자연스럽게 조근현 교수와 김광석 교수를 향했다.

자신들보다 두 사람이 더 적합하지 않을까하는 의문.

그러나 조근현은 그들이 생각했던 것과는 다른 말을 했다.

"이미 내부적으로 상의가 끝난 사항이다. 이사장님 재가도 떨어졌고. 두 사람 모두 채용하기로 결정됐으니 부담 가질 필요 없다. 돋보이거나 잘하려고 하지 말고 그저 하던 대로… 수술실에서 환자를 살리는 건 팀워크다."

"네, 교수님."

"알겠습니다."

남민수, 임재영이 차례로 대답하고.

김광석이 남민수의 어깨를 짚으며 덧붙였다.

"참고로 말하자면 그 팀워크를 만드는 건 집도의야. 그리고 자네들 집도의는 센터장님이지. 어떤 상황이든 최선의 결과를 끌어낼 테니 열심히 돕게."

"예……!"

김광석, 조근현과 차례로 시선을 맞춘 도수는 두 사람에게 지시했다.

"피 신청하고 수술실 세팅해 주세요. 두 시간 후 수술 들어 갑니다."

* * *

두 시간 후.

드르륵.

수술실 문이 열리고.

도수는 싸늘한 공간으로 들어섰다.

"안녕하십니까."

두 레지던트를 비롯한 의료진들이 인사했다.

간호사 이하연이 수술 장갑을 씌워주고.

수술대 앞으로 걸어간 도수가 입을 뗐다.

"오늘 수술의 관건은 정확성입니다. 조금만 잘못 건드려도 환자한테는 치명적이에요."

"네……!"

그를 보조하게 된 레지던트들은 긴장한 기색이 역력했다.

도수에게는 오늘 수술도 무수한 수술 중 하나일 뿐이었지만 두 레지던트에게는 지금껏 한 번도 경험한 적 없을 만큼 사이즈가 큰수술이었다.

"칼."

도수의 입이 떨어졌다.

턱!

메스를 받은 그가 칼끝으로 환자의 등허리를 푹 찔렀다.

척추 상단.

이곳에 혈전이 있다.

샤아아아아아.

투시력이 그 같은 사실을 보여주고 있었다.

도수는 레지던트들이 들으라는 듯 상황을 중계했다.

"혈전이 척추로 날아가서 사지마비가 온 환자의 경우 티원(T-1: 척추 위쪽에 위치한 뼈 넘버) 위쪽이 문제일 확률이 큽니다."

C1~C7까지.

혈전이 숨은 곳을 찾아내야 한다.

일일이 절개해 가며 확인해 볼 수밖에 없다.

그러나 도수는.

샤아아아아아.

투시력을 통해 척수동맥 내부를 훑고 있었다.

"이 환자의 혈전은 씨 포(C-4) 위치의 뒤 척수동맥에 생겼습니다."

"그걸 어떻게……!"

레지던트들이 눈을 부릅떴다.

열어보지도 않고 어디 혈전이 있다 확신한 것이다.

하지만 집도의인 도수는 그들의 질문에 대답해야 할 의무가 없었다.

"집중하세요."

"……!"

두 레지던트가 흠칫하며 수술 부위에 집중했다.

그러자 도수가 혈관을 찾아서 말했다.

"잡아요."

"아……! 죄송합니다."

임재영은 뭐가 죄송한지도 모른 채 시키는 대로 혈관을 잡았다.

마치 미꾸라지를 잡은 것처럼 미끄러웠다. 인턴 시절 여러 번 수술에 참여한 적은 있어도 이렇게 혈관을 직접 쥐는 건 처음이었다.

"너무 세지도, 느슨하지도 않게."

"네!"

"느슨한 것보단 조금 센 듯한 게 낫습니다. 손에서 미끄러지면 숨어버린 혈관을 다시 찾아야 할 테니까."

"알겠습니다……!"

이렇게 말해도 혈관을 끊어먹는 의사는 없다. 대개 꽉 잡으라고 해도 꾹 잡는 척만 하는 것이다. 반면 혈관을 놓치는 실수는 자주 일어나는 사고였다.

물론 도수의 경우 투시력으로 다시 찾으면 그만이지만 대부분은 그리 쉽지 않다.

임재영이 적당한 힘을 가하자.

도수가 말했다.

"켈리."

이하연의 손을 거쳐 가위가 넘어왔다.

"출혈 심해져요."

도수의 한마디에 마취과 선생이고 간호사들이고 할 것 없이 긴장했다.

그러고는.

혈관을 묶은 도수가 가위질을 했다.

서걱!

푸슉!

혈관이 잘려 나가며 순식간에 핏물이 차올랐다.

"거즈."

꾹꾹.

거즈를 눌러 담은 도수가 그보다 더 빠르게 피로 물든 거즈를 패대기쳤다.

촤악! 촤악!

"석션."

치이이이이이익!

핏물이 빨려 들어가고.

도수는 동맥을 틀어막고 있는 혈전을 제거했다.

"이게…….."

두 레지던트가 토끼 눈을 뜬 채 혈전을 보았다. 직접 혈전을 보는 건 처음이었다.

도수가 말했다.

"타이."

남민수는 알아서 동맥의 크기에 맞는 봉합침과 봉합사를 건넸다.

정답이었지만.

도수의 봉합 실력은 표준보다 훨씬 정교했다.

"더 얇은 걸로."

"……!"

남민수는 토 달지 않고 더 가는 봉합침과 봉합사를 주었다.

'이걸로 가능할까?'

가능하다면 더 촘촘하게, 더 정교한 타이를 할 수 있을 것이다.

그러나 그가 건넨 봉합침과 봉합사는 동맥을 파고들 수나 있을까 싶을 정도로 가늘었다.

자칫 봉합침이 부러져서 환부에 들어가기라도 하면 대형 사고.

하지만 도수의 표정에는 아무런 변화가 없었다. 이어진 말투에도 흔들림이 없었다.

"포셉."

고개를 살짝 들어 남인수를 응시한다.

"잘 잡아요."

동시에.

일말의 망설임도 없는 타이가 펼쳐졌다.

슥, 스윽.

봉합침은 놀랍도록 부드럽게 혈관을 파고들었다.

두 자루의 포셉이 기계적으로 교차하며 봉합사가 혈관을 조여주고.

"컷."

임재영이 실을 잘랐다.

툭!

"더 가까이."

도수의 지시는 간결했지만 명확했다.

스윽, 슥.

순식간에 매듭이 완성됐다.

"컷."

툭!

교차점에서 아주 가까운 거리에서 실밥이 잘려 나갔다.

그러나 매듭이 풀리는 일 따위는 없었다.

도수는 그 와중에도 예리하게 길이를 재고 있었던 것이다.

"다시."

슥, 스윽.

촘촘하게 이어지는 매듭.

"컷."

툭!

'빠… 빠르다!'

모두의 뇌리를 관통한 한마디일 것이다.

'어떻게 이렇게 빠를 수 있지?'

도수는 괜히 수술의 천재라고 불리는 게 아니었다. 정말 어려운 수술도 귀신같은 솜씨로 해냈다.

그에 따라 점차 동맥이 원상태를 찾았다.

수술이 할퀴고 간 봉합 부위는 끔찍한 흉터를 남기는 법인데도 도수가 봉합한 곳은 마치 박음질을 한 듯 정갈했다.

차라리 예술에 가까운 신기.

"대단하세요."

남민수는 감탄을 숨기지 않았다.

태풍처럼 휩쓸고 간 수술 과정.

기가 막히게 색전의 위치를 찾아내고, 제거하고 봉합하는 것까지.

조금의 오차도 없었다.

"수술에선 끝까지 집중력을 잃지 않는 게 가장 중요합니다."

일침을 들은 남민수는 뜨끔했다. 감탄할 틈도, 잠깐의 망설임도 없었다. 적어도 도수의 수술은 물 흐르듯 끊임없이 흘렀다. 그 유수에 잠겨 시간이 흘렀고, 눈 떠보니 수술이 끝나 있었다.

그사이 혈관 봉합을 마친 도수는 살가죽을 꿰맸다. 포셉두 자루를 귀신처럼 다루는 것도 모자라 손놀림은 아름답기까지 하다.

칼과 실을 다루는 써전이라면 누구라도 입을 쩍 벌릴 수밖에 없을 터였다.

"컷."

툭.

마지막 실밥이 잘려 나가고.

도수는 봉합한 실 자국을 손으로 쓸었다.

'돌아올 겁니다.'

그래야 한다.

수술은 잘 끝났으니 이제 기다림만 남았을 뿐이다.

환자가 깨어나기 전까진 어떤 결말도 장담할 수 없었다.

도수가 고개를 들며 말했다.

"다들 수고하셨습니다."

"고생하셨습니다!"

존경 어린 답례가 터져 나오고.

머리를 한 번 까딱인 도수는 수술복을 벗고 수술실을 나섰다.

드르륵.

문이 열리자 그곳에는 이사장의 비서가 기다리고 있었다.

"수술은 잘됐나요?"

"현재로선……"

도수가 말끝을 흐렸다.

왜 왔냐는 뜻.

비서가 생긋 웃으며 말했다.

"역시 센터장님이시네요. 이사장님께서 찾으십니다."

"……"

또 무슨 일일까?

도수는 위생 두건을 풀며 말했다.

"가시죠."

그들은 엘리베이터를 타고 이사장실로 향했다.

도중, 비서가 먼저 말을 붙였다.

"이사장님께서 센터장님을 굉장히 눈여겨보고 계세요."

"그러신 것 같습니다."

도수가 대충 추임새를 넣자.

비서의 미소가 더욱 짙어졌다.

"다른 분들과는 다르네요. 센터장님은."

"제가요?"

비서가 고개를 끄덕였다.

"다들 이사장님의 눈에 들기 위해 혈안이 되어 있거든요."

"아아."

그게 끝.

더 이상 말이 이어지지 않자 비서도 말을 걸지 않았다. 그러나 호기심만은 막지 못했다.

'특이한 사람.'

비서가 보는 도수는 그랬다.

그 누구 앞에서도 전혀 위축되지 않는다. 좋게 말하면 당당한 거고, 나쁘게 말하면 사회성이 부족하다고 표현할 수도 있었다.

그럼에도 그는 왕도보다 더 왕도를 걸어왔다. 최연소 전문의, 최연소 센터장, 최연소… 뭐든 '최연소'란 딱지를 휩쓸었다.

남들은 피를 토해가며 이삼십 년씩 볼 꼴 못 볼 꼴 다 봐가며 오르는 과장급 자리를 승천하듯 고공 승진을 해서 거머쥐었다.

이건 보수적인 의사 사회에선 있을 수 없는 일이었다.

그런데.

도수라는 규격 외의 수술 귀신은 그 같은 기적을 이뤄냈다.

그를 시종일관 부담스러운 눈길로 응시하던 비서는 이사장실 문을 직접 열어주며 말했다.

"이사장님께서 기다리십니다."

정작 도수는 한 번 끄덕이고는 당연하다는 듯한 태도로 자연스럽게 문턱을 넘었다.

그러자 소파에서 앉아 있던 이사장이 서류철을 접으며 자리를 권했다.

"앉지."

도수가 자리에 앉았다.

턱을 괴고 그를 응시하던 이사장이 마침내 입을 뗐다.

"일본에 아사다 류타로라는 써전이 있다."

"……."

일본에 있는 외과의 하나 알려주자고 바쁜 사람을 부른 건 아닐 터.

도수가 잠자코 기다리자 이사장이 말을 이었다.

"네가 심장 성형술 논문을 완성하기 전까진 흉부외과 분야에서 세계 최고의 권위자로 불렸지. 지금의 너처럼 수술의 귀재기도 하고."

"그렇군요."

대답하면서도 전혀 관심을 보이지 않는 도수.

그를 빤히 보던 이사장이 고개를 저으며 말을 이었다.

"심장 성형술로 한 사람이라도 더 많은 확장성 심근병증 환자들을 살리고 싶다고 했지?"

"물론입니다."

"아사다가 인정한다면 그렇게 될 수 있다."

"…왜 그의 인정이 필요하죠?"

"바티스타 수술에 관한 연구가 가장 활발한 곳이 일본이니까. 심장 성형 분야에서 세계적인 입지가 가장 큰 곳도 일본이다. 내가 얘기한 아사다 류타로가 결정적인 역할을 하고 있지. 좀 더 빨리 이 수술을 상용화시키려면, 너 말고도 이 수술을 할 수 있고 하려고 하는 실력자가 필요해."

"그건 저도 원하는 바입니다."

"그래. 그리고 그 기회가 생겼다."

"어떤 기회요?"

"오성그룹 임옥순 여사께서 네게 보은을 하고 싶다면서 오성그룹 자매병원인 동일본대학병원으로 연수를 갈 수 있는 기회를 주셨어. 널 포함한 응급외상센터 직원 모두에게."

꼭 심장 성형술이 아니더라도 응급외상센터를 좀 더 체계적으로 구성하기 위해선 좋은 기회였다. 무엇보다 응급외상센터가 상대해야 하는 재난 피해 환자들.

국내에선 아로대학병원만 외상센터의 표본이 되고 있지만, 재난이 자주 발생하는 동일본의 외상센터 시스템은 또 다른 장점이 있을 터였다.

도수는 혹했지만 한 가지 마음에 걸리는 부분이 있었다.

"센터 사람들 전부가 가면 누가 남죠?"

"연수 기간 세 달은 응급외상센터 누구에게나 주어지는 일종의 무기한 쿠폰이라고 생각하면 된다. 모두가 평등한 기간 동안 연수를 갈 수 있으니 순서는 중요치 않아."

이젠 걸리는 점이 사라졌다.

"…내부적으로 일 차 파견팀을 상의해 보겠습니다."

"그래. 대신 임옥순 여사께서도 한 가지 부탁을 하셨다."

"부탁이요?"

고개를 끄덕인 이사장이 말을 이었다.

"일 차 파견팀엔 네가 직접 갔으면 하시더구나."

"왜죠?"

"손녀분이 일 차 파견팀에 동행하신다."

"…전 손녀분과 아무 연관이 없는데."

"널 믿음직한 책임자로 여기시는 게지."

나유하를 떠올린 도수가 물었다.

"손녀분은 왜 가시는 거죠?"

"언젠간 오성그룹과 오성병원을 책임지게 될 테니까."

"조기교육인가요?"

피식 웃은 이사장이 대답했다.

"비유가 적절하구나."

그는 도수에게 미련이 남는지 은근슬쩍 몇 마디 덧붙였다.

"믿음직한 손녀가 있으니 참 부럽구나. 우리 나이쯤 되면 평생 일군 것들을 잘 지키고 키워줄 누군가를 모색하게 마련인데."

그러나 도수는 모른 척 말을 돌렸다.

"저 바쁩니다."

"안다."

"일일이 손녀분 스케줄에 맞출 수 없다는 뜻입니다."

연수까지 주선해 준 마당에 그냥 좀 가지.

한숨을 내쉰 이사장이 말했다.

"우리 병원을 생각해서라도 아직 외상센터가 자리 잡히지 않은 지금 다녀오는 편이 낫다. 구성 단계부터 일본 외상센터의 장점을 흡수해서 만드는 게 나아."

일리 있는 의견인지라 도수는 부정하지 않았다.

"…환자들과 얘기해서 스케줄 맞춰보죠."

"그래."

고개를 주억거린 이사장이 덧붙였다.

"손녀분은 전문가가 아니니 네가 옆에서 설명도 좀 해주고. 무슨 말인지 알지?"

김옥순 여사가 크게 마음을 써줬으니 그 정도는 해야겠지만.

도수는 나유하를 달고 다닐 생각에 벌써부터 귀찮기 시작했다.

제5장

레펠 훈련

다음 날.

도수는 응급외상센터 식구들과 레펠 실습 장소로 나갔다.

센터에는 고소공포증이 심한 강미소와 현장 출동을 원치 않는 조근현 교수, 김용찬이 남았다.

그들이 널찍한 잔디 구장에 도착했을 땐 이미 구조용 헬기가 기다리고 있었다.

헬리콥터를 등진 김광석과 이시원, 교관이 나란히 서서 그들을 맞이했다.

"어서 오십시오."

보는 눈이 있었기에 김광석은 존대를 했다.

그러자 도수가 답했다.

"여기 임재영 선생은 군에서 레펠을 배운 경험이 있다고 합니다. 저나 남민수 선생은 처음입니다."

"임 선생, 뭘 배웠지?"

"패스트 로프입니다."

"역시."

패스트 로프는 굵은 로프를 장비 없이 타고 내려가는 것을 뜻했다. 장비를 사용하는 레펠과는 조금 달랐지만 충분히 도움될 만했다.

김광석이 말했다.

"이쪽으로 합류하지. 보조해 주면 좋겠어."

"뭘 하면 될까요?"

"지면에서 로프를 당겨주게."

로프를 당기면 레펠은 저절로 제동이 걸린다. 안전한 교육 훈련을 위한 조치인 셈이다.

"알겠습니다."

임재영이 김광석 측으로 합류했다.

그리고 이내 레펠 교육이 시작됐다.

지상에서 몇 차례 김광석과 이시원의 시범을 보며 연습한 뒤.

두 사람이 로프를 타고 떨어지는 장면을 목격했다.

레펠 원리상 악천후에는 로프가 흔들리면서 밧줄을 놓치고 추락할 위험이 커 보였다.

추락한다면 그대로 십오 미터 아래 지상에 처박히는 꼴을 면치 못할 것이다.

최소 중상.

만일의 상황에 임재영이 지상에서 팽팽하게 로프를 잡아당겨 제동을 걸어주지 않는다면 훈련 자체도 굉장히 위험천만해 보였다.

물론 이미 경험이 많은 김광석과 이시원은 여느 구조대원 못지않은 실력으로 시범을 보였다.

그렇다고 해도, 보는 사람이 느끼는 불안감은 똑같았다.

"......"

남민수는 안색이 하얗게 질린 채 헬기를 탔다.

그 마음을 아는지 모르는지.

타타타타!

초보자들을 태운 헬기가 공중으로 솟구쳤다.

프로펠러 소리와 함께 점점 지상에서 멀어지는 장면을 창문을 통해 지켜보던 남민수가 침을 꼴깍 삼켰다. 그러더니 진지한 표정으로 말했다.

"센터장님, 아무리 생각해도 이건 아닌 것 같습니다."

"뭐가요?"

자기도 처음이라더니.

도수는 침착했다.

"진짜 처음이십니까?"

"네."

도수는 창밖을 보았다.

인간이 가장 큰 공포를 느낀다는 십오 미터 높이.

이곳에서 하강해야 한다.

남민수가 재차 말했다.

"…이건 좀 아닌 것 같아요."

"왜 그래요?"

"아니, 왜 의사가 직접 출동을 해야 하는 겁니까?"

"다 알고 온 거 아니었어요?"

"구급차든 헬기든 탈 것만 생각했지, 떨어질 건 생각도 못 했는데요……."

도수는 피식 웃었다.

"접근이 힘든 지역에서도 사고는 납니다. 부상이나 출혈이 심할 경우 현장에서 제대로 된 조치가 이루어지지 않으면 환자는 목숨을 잃죠. 이걸 알면서도 현장에 뛰어들기 두렵다면 포기해도 됩니다."

"센터장님은요?"

"저도 무서운데요. 그저……."

"그저?"

창문에서 시선을 뗀 도수가 고개를 돌리며 덧붙였다.

"환자의 골든아워를 지키기 위해 모든 수단과 방법을 쏟는 것뿐입니다. 시간을 우리 것으로 만드는 게 수술을 잘하는 것보다 중요하니까요."

그 말은 틀림없는 사실이었다.

중증 외상 환자들의 삼십 퍼센트 이상이 현장에서 사망하고 이십 퍼센트 이상이 이송 중 사망한다.

나머지 사망자들의 사인 역시 골든아워 내에 치료를 받지 못해서다.

그만큼 시간은 환자의 생사에 절대적인 영향을 끼친다. 아니, 대부분의 죽음이 시간 문제라고 해도 과언이 아니었다.

이를 말 안 해도 알고 있는 남민수는 문이 열리기 무섭게 거센 바람을 받으며 엉거주춤 일어났다.

"해보겠습니다!"

도수는 미소 지었다.

남민수는 꿈에도 몰랐겠지만, 이번 레펠 훈련이야말로 그의 마지막 시험이었다.

응급실 티오는 한정된 반면 레펠을 탈 수 있는 의사는 몇 없었다.

따라서 도수는 출동해서 직접 레펠을 탈 수 있는 의사를 원했고, 그 때문에 남민수와 함께 임재영을 뽑은 것이다. 군에서 레펠 경험을 해본 임재영은 빨리 배울 테니까.

그런데 남민수는 생각지도 못한 수확이었다.

"할 겁니다! 해보겠습니다!"

몇 번이나 반복해서 외친 남민수는 교관의 도움을 받아 레펠을 타고 내려갔다.

"으아아아악!"

비명을 남긴 채.

그 모습을 지켜보던 도수의 입꼬리가 슬쩍 올라갔다.

"누가 보면 애 잡는 줄 알겠군."

"재밌나?"

김광석이 맞은편에서 씨익 웃고 있었다.

그 옆에 앉은 이시원도 같이.

"총탄이 오가는 전장도 아닌데요, 뭐."

도수가 태연하게 대답했고.

의미심장한 미소를 띤 이시원이 말했다.

"내려가시죠."

고개를 끄덕인 도수가 일어났다. 기체의 흔들림이 전해졌다.

'총알이 빗발치는 상황이었다면 서 있기도 힘들었겠어.'

그런 생각이 절로 들었다.

그러면서도 레펠 장비를 입고 로프에 장착한 도수가 외쳤다.

"하강!"

그는 힘껏 두 발로 기체를 밀며 하강을 시작했다.

슈우우우욱!

몸이 로프를 타고 미끄러져 내려갔다.

그야말로 눈 깜짝할 새.

지면이 가까워졌다.

임재영이 로프를 힘껏 당기는 모습이 보였고.

'다 왔다!'

두 손에 더욱 힘이 들어갔다.

바로 그 순간.

틱!

로프에 고정되어 있던 고리가 풀려 버렸다.

도수는 반사적으로 로프에 매달리며 팔다리에 힘을 가했다.

놓치는 순간 추락할 것이라는 불안감이 치밀었기 때문이다.

"아!"

단말마 비명과 함께 로프를 잡고 있던 임재영이 휘청거렸고.

그 여파는 도수를 덮쳤다.

줄이 꼬이면서 도수의 몸이 빙글 돌아간 것이다.

"……!"

모두가 가슴이 철렁해서 비명을 삼키는 찰나.

도수는 기지를 발휘했다.

휘리릭!

알파벳 엘(L) 자형에서 몸을 꼬아 로프를 품은 듯한 일자형 패스트 로프로 자세를 바꾸며 땅에 착지한 것이다.

털썩!

도수가 거칠게 넘어졌다.

팔꿈치가 까지고 손바닥과 허벅지는 화끈거렸다.

"이런……!"

"괜찮으십니까?"

사람들이 달려와서 물었다.

도수는 고개를 끄덕였다.

"지금 이게… 무슨 상황입니까?"

그러자 교관이 대답했다.

"그게… 레펠 장비가 풀린 겁니다. 이럴 리가 없는데 왜… 죄송합니다, 죄송합니다."

"……."

도수는 자신의 손을 바라봤다. 칼을 잡고 수술을 해야 할 손. 크게 다치진 않았지만 약한 화상을 입었다.

'이런.'

헬기가 착륙하고.

김광석과 이시원, 그리고 헬기에 탑승했던 교관이 달려왔다.

도수를 본 교관이 망연자실하게 중얼거렸다.

"…이, 이런. 어떻게 이럴 수가. 괜찮으십니까?"

분명 안전 점검을 했다.

장비도 확인을 했는데 사고가 생긴 것이다.

말 그대로 사고였다.

"괜찮습니다."

도수는 털고 일어났다.

의사만 여럿이 있다 보니, 이시원이 재빨리 구급상자를 가져와 응급조치를 해주었다.

"매일같이 출동해도 이런 사고는 없었는데… 에이급 장비를 가져왔으니 고장은 아닐 테고, 장비 자체에 문제가 있었던 것 같습니다."

"그랬겠죠."

어느 때보다 사전 준비는 철저했을 터였다. 그런데도 하마터면 죽을 뻔했다. 다행히 생명에는 지장이 없었지만 가벼운 화상을 입고 말았다. 흉이 남을 정도는 아니더라도 쓰리고 아팠다. 감각도 일시적으로 무뎌진 느낌이었다.

상태를 확인한 이시원이 말했다.

"화상은 심하지 않습니다."

그건 도수도 봐서 안다.

지금이야 고통스럽지만 연고 바르고 시간 좀 지나면 가라앉을 상처였다.

문제는 슬슬 욱신거려 오는 옆구리.

남들 눈에는 보이지 않겠지만 도수에게는 환부를 확인할

남다른 비법이 있었다.

샤아아아아아.

투시력을 쓰고 상의를 들어 올리자.

갈비뼈에 미세한 금이 보인다.

"갈비뼈에 금이 간 것 같은데."

"좀 더 걷어보시겠어요?"

도수가 상의를 반쯤 탈의하자.

아니나 다를까 부어오르고 있는 옆구리가 눈에 들어왔다.

이시원의 얼굴도 심각하게 굳었다.

"이거… 최소 일이 주 정도 수술은 못 하시겠는데요. 지금 잡힌 수술들은 다른 교수님께 넘기겠습니다. 미룰 수 있는 건 미루고요."

그러나.

도수는 고개를 저었다.

"그럴 필요 없어요."

"예?"

"지장 없을 겁니다."

도수는 확신했다.

옆구리 통증은 거슬릴 정도라 일시적으로 투시력이 약화될 수는 있다. 그러나 투시력이 있는 이상 수술의 정확도에는 차이가 없을 터였다. 속도야 살짝 떨어지긴 하겠지만.

눈을 동그랗게 뜨고 있는 이시원을 본 도수가 피식 웃었다.

"진짜 괜찮아요. 이 정도는."

그러자 지켜보고 있던 김광석이 한마디 했다.

"그만해서 다행이긴 하다만… 그래도 휴가받은 셈 치고 좀 쉬지 그래?"

"당장 큰수술은 없으니까 살살 할게요. 응급환자 들어온 상태에서 인력이 달리면 그땐 어쩔 수 없고요."

도수를 빤히 응시하던 김광석이 고개를 저었다.

"그래. 무리해서 나서진 말았으면 한다. 센터장한테 이래라 저래라 할 순 없지만 가벼운 부상은 아니야. 우리 손동작 하나에 인명이 달렸음을 잊으면 안 된다."

"물론입니다. 환자 목숨 가지고 도박할 생각 없어요."

대답한 도수가 이시원에게 물었다.

"처치 끝난 건가요, 선생님?"

"아, 예……."

"실력이 좀 는 것 같기도 하고."

도수가 어깨를 두드리자.

이시원이 안색을 붉혔다.

같은 남자끼리 묘한 반응이다.

피식 웃은 도수는 조심스럽게 몸을 일으켰다.

남들 같으면 신음이라도 한마디 뱉을 통증이 동반됐으나 그는 내색하지 않았다.

오히려 지나치게 긍정적인 판단을 했다.

'서서 수술하는 것 정도는 가능하겠어.'

전쟁터에서 반군을 피해 뒤도 안 보고 내달리고 총탄과 포탄을 피해 몸을 내던지다 보면 이런 골절상은 예삿일이었다.

도수는 그때도 수술을 했다.

자신이 아니면 환자는 사망할 테니까.

잠시 옛 추억을 회상한 그는 헬리콥터가 내려앉은 쪽을 바라봤다.

"장비 바꾸고 다시 할게요."

"예?"

교관이 되묻자.

도수가 말했다.

"어차피 레펠 타는 데에는 문제없잖아요?"

고정된 상태로 내려오니 특별히 움직일 일은 없다. 이를 악물고 참을 수만 있다면 상태가 악화될 일은 없다는 뜻이다.

그러나.

"그래도 부상을 당하셨는데······."

"장비가 또 고장일 리도 없고."

"그, 그건 그렇습니다만······."

물론, 같은 사고가 하루에 두 번이나 반복될 리는 없었다. 그렇다고 해서 도수의 과감성이 납득되는 건 아니었다. 보통 사고를 겪은 직후에는 초조함과 두려움을 느끼게 마련이니까. 그 같은 감정들은 트라우마로 발전하기도 한다. 적어도 방금

죽을 뻔했던 사람이라면 그 정도 반응은 있어야 한다.

그런데.

도수는 정반대였다.

"뭐든 수업료가 드는 거니까… 얼른 합시다."

'두 번'이 없는 전장에서 매일같이 목숨을 걸었던 도수이기에 이 정도 사고는 익숙했다. 그에게 사고는 피해야 할 대상이 아닌 두 번, 세 번이라도 반복해서 적응하고 대비해야 할 대상이었다.

이만하면 수업료 낸 셈 치는 것이다.

김광석은 고개를 절레절레 저었다.

"…못 말리겠군."

한 가지만은 확실했다.

도수에게서 레펠의 재능을 보았다는 것.

불시적인 위기 상황에 배우지도 않은 패스트 로프 자세로 대처할 수 있는 기지와 반사신경을 갖췄다면, 머지않아 악천후도 뚫고 구조를 나가는 훌륭한 현장 인력이 될 수 있을 터였다.

*　　　*　　　*

레펠 사고 후.

도수가 수술 일정을 조정하지 않은 이유는 간단했다.

집중력을 키울 수 있는 절호의 기회로 본 것이다.

그동안 어떠한 장애도 없이 마음껏 집중하고 수술해 왔다.

여기서 제약이 생긴다면?

제약이 생긴 상태에서 최고치까지 집중력을 끌어올려서 투시력을 쓴다면.

후에 집중력을 온전히 되찾았을 땐 폭발적인 성장을 기대할 수 있을 것 같았다.

이를테면 태권도 선수가 모래주머니를 차고 훈련을 받다가 모래주머니를 제거했을 때, 훨씬 스텝이 가벼워지는 것과 같은 이치였다.

'나는 할 수 있다.'

마음을 다진 도수는 두 손을 들어 올렸다.

그러자 이하연이 떨리는 눈동자로 화상이 모두 가시지 않은 손에 수술 장갑을 씌워주었다.

"센터장님, 괜찮으세요…?"

고개를 끄덕인 도수는 수술대 앞으로 가서 환자와 바이털을 확인했다.

삑. 삑. 삑. 삑.

"괜찮으시겠습니까?"

이시원이 물었고.

도수는 대답 대신 환자의 환부를 응시하며 말했다.

"칼."

턱!

칼자루를 쥔 도수가 두 눈을 감았다 뜨자.

샤아아아아아아!

투시력이 발동했다.

동시에 낡은 보물 지도처럼 투영되는 환자의 몸속.

그 누구도 이처럼 불편한 상태로 수술을 하는 것은 힘들겠지만 전쟁터에서 겪은 경험과 더불어 '수술 길'이 보이는 도수만은 가능했다.

완벽한 수술이!

제6장
써전의 레벨

　환자의 배를 연 도수는 고개를 들어 임재영과 남민수를 보았다.

　오늘 수술에 두 사람을 데리고 들어온 이유는 눈앞에 누워 있는 환자가 맹장염 환자이기 때문이다. 다른 말로는 충수염이라고 하며, 충수절제술이 필요했다.

　충수절제술은 서혜부탈장치핵 수술과 함께 젊은 소화기 외과의가 다룰 일이 많은 수술이었다.

　특히 급성맹장염으로 응급실을 찾는 환자들이 다수 있고, 이 경우 담당 응급의학과 의사가 이 수술을 할 수 있다면 환자는 긴 고통을 감내할 필요가 없어진다.

"남민수 선생."

"네?"

남민수를 응시한 도수가 입을 뗐다.

"이쪽으로 오세요."

아직 손에 입은 화상 통증과 갈비뼈의 통증이 몸을 지배하고 있었다. 그는 김광석에게 했던 말처럼 환자를 걸고 도박할 생각이 없었다. 조금 더 지나면 직접 수술할 수도 있겠지만 지금은 아니었다.

그렇다고 수술을 하지 않는 건 아니다. 직접 하는 것보다 레지던트 1년 차의 수술을 감독하는 일이 더 힘들다. 수술자의 실력 차가 큰데도 불구하고 같은 퀄리티의 수술을 이끌어 내야 하기 때문이다.

반면 말뜻을 알아들은 남민수는 눈을 부릅떴다.

"……!"

수술해 볼 기회를 주겠다는 것.

"감사합니다!"

그는 소름이 돋은 채 대답했다.

뜻밖에 충수절제술을 해볼 기회가 온 까닭이다. 직접 수술을 한다는 건 무섭기도 했으나 외과의를 꿈꾸는 그에게는 꿈에 그리던 일이었다.

'지원하길 잘했어!'

국내 대학병원의 체제에서 이제 막 레지던트 1년 차에 들어선 의사에게 충수절제술을 직접 해볼 수 있도록 맡기는 건 상상도 못 할 일이다.

하지만 도수는 수술은 해볼수록 는다고 생각했다. 물론 직접 하면 간단하겠지만 출중한 외과의는 수련의에게 지시를 내리며 수술할 수 있어야 한다.

외과의를 미쉐린식 등급으로 설정해 본다면 별 하나는 상급 집도의의 지시를 받고 수술할 수 있는 신출내기 외과의, 별 두 개는 경험이 부족한 이에게 집도를 시키면서 지시할 수 있는 단계, 별 세 개는 수련의에게 지시하면서 수술할 수 있는 의사다.

여기서 남민수나 임재영은 아직 좌우 분간도 못 하는 수련의나 다름없었다. 레지던트 1년 차이기 때문이다. 그럼에도 도수는 수술 기회를 주고 지시하려고 하는 것이다.

도수가 말했다.

"긴장하세요."

"네! 충수절제술은 눈이 닳도록 봤습니다!"

충수염 수술 정도도 할 수 없다면 다른 수술은 꿈도 못 꾼다고 생각하는 외과의들이 많다. 남민수 역사 비슷한 반응을 보였고 자신감을 드러냈다. 하지만 도수는 그렇게 생각하지 않았다. 화상진단이 진행된 상황에서 수술하는 충수염 수술은 그만한 염증을 수반하고 있어 수술이 어렵기 때문이다.

그러나 도수는 이런 내용을 구구절절 설명하지 않고 한마디로 대신했다.

"제대로 못 하면 칼자루를 넘겨야 할 겁니다."

"……!"

남민수가 흠칫했다.

무의식중에 실력을 뽐내려던 자신을 돌아본 것이다.

'세상에 쉬운 수술은 없다.'

조근현 교수가 수업 당시 했던 말이 떠오른 그는 진지한 눈빛으로 고개를 끄덕였다.

"알겠습니다."

"시작하죠. 임 선생, 견인기."

부러운 시선을 던지던 임재영이 두 개의 견인기를 들고 절개 부위를 힘껏 벌렸다.

그러자 도수가 남민수에게 메스와 겸자를 내밀었다.

"피하지방, 2층 천복근막 절개."

"예."

남민수는 메스와 겸자를 들고 절개를 거듭했다.

그때마다 임재영은 견인기로 절개 부위를 넓혔다.

'제법 손발이 맞는군.'

도수는 썩 만족스러웠다.

물론 아직 본격적인 수술은 시작도 안 했지만.

도수가 어드바이스를 했다.

"외복사근건막의 섬유 방향을 따라서 조금만."

고개를 끄덕인 남민수의 손이 조언을 따라 움직였다. 그가 가장자리를 겸자로 잡고 섬유 방향으로 절개를 했다.

동시에 임재영이 건막하층에 견인기를 위치시켰다.

그러자 남민수의 손이 잠깐 멈췄다. 시야에 방해를 받는 것이다.

도수는 간단히 그 문제를 해결해 주었다.

"피하지방이 두꺼워서 그래요. 겸자는 빼고 진행해도 됩니다."

"아… 예!"

다시 수술이 재개됐다.

반달선(복횡근의 근섬유와 근막과의 경계선)이 나타나고, 남민수는 반달선 외측 근섬유 부분을 상하로 열었다.

임재영이 견인기로 잡고.

마침내 복막이 눈에 들어오기 시작했다.

도수가 날카롭게 찌르고 들어갔다.

"임재영 선생, 다시."

"아!"

임재영은 다시금 견인기로 절개 부위를 사방으로 펼쳤다.

도수가 한 번 더 견인기를 전개하라고 한 이유는 피부보다 더 강한 근육의 탄성 탓에 그대로 두면 절개 부위가 점점 더 작아질 것이기 때문이다.

남민수, 임재영의 뺨을 타고 땀방울이 흐르고 있었다.

간호사들이 땀을 닦아주고.

남민수가 말했다.

"복막 절개하겠습니다."

도수는 가위를 내밀며 빠지지 않고 조언을 해주었다.

"복막 절개는 작게 해요. 습관적으로 시야 확보를 하려고 크게 하게 마련인데, 복막을 근막보다 크게 절개하더라도 봉합 폐쇄 시 힘들어지기만 하고 시야는 넓어지지 않습니다.

"아… 네!"

서걱, 석!

가위로 복막을 잘라내는 남민수.

복막을 모두 잘랐을 때, 도수가 말했다.

"좀 도와주죠."

남민수가 어리바리하게 서 있는 걸 본 까닭이다. 적절히 손을 놀려가며 충수를 꺼내야 하는데, 처음 수술을 해보는 의사가 거기까지 소화하긴 쉽지 않았다. 외려 무리하게 박리하려다 천공(穿孔: 구멍이 뚫리는 것)이 발생할 수 있었다.

그렇기에 도수는 손을 뻗었다.

"겸자."

턱.

남민수는 갸웃했다.

무엇을 하려는 걸까?

수술자 위치에 서지도 않은 상태에선 시야 확보조차 힘들다. 그런데.

턱……!

도수는 순식간에 겸자로 충수를 잡아냈다. 그러고는 살살 박리했다.

"……!"

임재영, 남민수 모두 눈을 부릅떴다.

"어떻게 이런 일이……?"

남민수의 잇새로 신음과도 같은 탄성이 새어 나왔다. 그도 그럴 것이 정말 운이 좋은 경우 절개하자마자 충수를 찾아내 박리하는 경우가 있다고 들었지만, 이런 식으로 의도해서 단박에 잡아내는 건 처음 본 것이다.

더욱이 수술자 위치도 아닌 반대편에서, 시야 확보도 완전히 안 된 상태로 이 같은 일을 해내다니.

'감으로 잡아냈다고?'

'이게 말이 돼?'

남민수도, 임재영도.

두 눈을 의심했다.

환자마다 다르고 상황마다 다른 충수 위치를 어떻게 보지도 않고 찾아내서 단번에 꺼낸단 말인가?

물론 그같이 기적적인 행동 기저에는 도수만이 아는 비밀이 숨겨져 있었다.

샤아아아아아.

두 눈을 밝히고 있는 도수.

그는 투시력으로 충수를 잡아낸 것이다.

손과 옆구리에 부상을 입었어도 투시력만큼은 여전했다. 아니, 오히려 몇 배로 집중력을 쏟아부었기에 더 명확하게 시야에 들어왔다.

"충수를 찾아내는 과정을 익히는 것도 중요하지만 지금은 해부학 시간이 아니니 지름길로 가겠습니다."

"예……!"

불만이 있을쏘냐.

임재영과 남민수는 놀라고 감탄하기만도 바빴다.

그때 도수가 곧은 겸자를 건넸다.

"절제 시작해요."

고개를 끄덕인 남민수가 곧은 겸자로 충수근부보다 수 밀리미터 떨어진 곳을 으스러뜨리곤 다른 손으로 가져갔다.

그러자 도수가 기다렸다는 듯 3—0바이크릴(봉합사의 두께)을 주었다.

"쌈지 봉합."

남민수가 그쯤이야, 하는 표정으로 손을 가져가자 도수가 짤막하게 뱉었다.

"충수근부에 너무 가깝습니다. 절제단을 매몰하는 포켓을 만들기 어려워져요."

지적.

"아……."

남민수가 당황하자.

도수가 천천히 경고해 주었다.

"그리고 모든 충에 실이 통과하면 분변루(Fecal Fissura: 충수의 잘린 끝이 막혀 아물지 않고 열린 상태. 장 내용물이 체외 또는 다른 장기나 장의 일부분으로 통과하는 관이 형성되는 합병증)를 초래할 수 있으니 제대로 장간막근층에 걸쳐야 합니다."

"네, 주의하겠습니다……!"

도수는 고개를 끄덕였다.

어차피 실수가 있으면 그 자리에서 바로잡아 줄 생각이었다. 그런 작심을 하고 투시력을 아낌없이 쓰며 지켜보고 있는 것이었으니까.

많은 환자를 살리는 것. 의사의 본분을 다하는 데에는, '나 하나 수술 잘하는 것'도 포함되지만 다른 유능한 의사를 키워내는 것 또한 포함이 된다.

그리고 도수는 센터장으로서 이 기회에 한 사람이라도 더 살릴 수 있는 의사를 천천히 빚어나가고 있는 셈이었다.

어떤 사고, 어떤 환자도 케어할 수 있는 곳.

그게 바로 도수가 만들고 싶은 응급외상센터였다. 다 죽어가던 사람들이 살아서 걸어 나가는, 가족의 품으로 돌아갈 수 있게 만들어주는 곳 말이다.

"…절제 시작해요."

그는 남민수에게는 메스를, 임재영에게는 봉합사의 일종인 바이크릴 1−0을 건넸다. 그러자, 다행히 두 사람은 말뜻을 알아듣고 순서를 기억해 움직였다.

임재영이 충수의 으스러진 부분을 실로 묶고, 남민수가 도수에게 받은 메스로 충수를 잘라냈다.

"석션 합니다."

도수가 구석구석 석션을 실시했다.

그리고 절단 부위를 베타딘(Batadine Opical Solution: 살균 소독약의 일종)으로 소독했다.

그의 움직임은 두 사람을 완벽하게 서포트하고 있었다. 그에 따라 두 사람은 마음 놓고 수술할 수 있었다. 마치 걸음마를 떼기 전에 두툼한 이불을 깔아둔 느낌이었다. 도수가 있다면 어떠한 오류도 없을 거라는 믿음이 있었다.

'역시……'

'대단해.'

그들의 눈에 비친 도수.

그는 평소보다 훨씬 더 크고 늠름했다.

수술실에 들어오기 전보다 훨씬 더 동경 가득하게 바뀐 두 레지던트의 눈빛을 봤는지 못 봤는지.

그 존경심을 아는지, 모르는지 도수는 무미건조한 표정으로 냉철한 시선을 환자에게서 떼지 않고 지시했다.

"자리 바꿔요. 닫는 건 임재영 선생이. 남민수 선생이 보조

합니다."

남민수는 자신이 끝까지 마무리하고 싶은 욕심이 솟구쳤다.

반면 임재영은 중요한 수술은 남민수가 모조리 다 하고 마무리를 자신이 맡은 게 아쉬웠다.

하지만 그렇게 지시한 사람이 도수이기에.

두 사람은 지나치게 긍정적인 생각을 품었다.

'내가 칼자루를 잡아본 게 어디야?'

'수술에 중요치 않은 역할은 없다. 충수절제술을 어떻게 보조할지 배웠어. 수술 집도는 다음에 해보면 된다.'

그들은 욕심을 부리고 질투하기보단 서로 손발이 잘 맞았던 수술 과정을 떠올리며 신뢰의 눈빛을 주고받았다. 그리고 군말 없이 위치를 바꿨다.

"마무리 잘 부탁합니다."

"수고하셨습니다."

그들을 보던 도수는 마스크 안으로 빙그레 웃었다. 퍼즐이 하나씩 맞춰져 가는 느낌이었다. 퍼즐이 완성되는 순간 경이로운 기적을 보게 될 터였다.

아무리 실력이 좋아도 정영록같이 욕심이 앞서는 인사는 곤란했다. 사람을 바꾸는 게 세상에서 가장 힘든 일. 그런 데에 쏟을 심력과 시간이 없었기에 더욱 인력 충원에 신중했던 도수는 이로써 두 사람에 대한 시험을 끝냈다.

*   *   *

삑. 삑. 삑. 삑.

안정적인 바이털을 유지한 채 수술이 일단락된 시점.

수술실 안으로 누군가 들어섰다.

"센터장님……!"

강미소다.

그녀의 수술복은 피투성이였다.

도수는 빠르게 그녀의 위아래를 스캔했다.

수술복도, 심지어 눈가에도 피가 튀었다.

"무슨 일입니까?"

"소아 환자예요! 장이 다 으깨져선… 김 교수님이 센터장님을 불러오라고 하셨어요……!"

직접 가보기도 전에 상황 파악이 됐다.

조근현 교수는 한참 수술 진행 중.

따라서 도수에게 가보라고 했을 것이다.

도수의 실력이면 충수절제술을 거의 다 끝냈을 시간이니까.

김광석 교수 홀로 감당이 안 돼서 도수에게 SOS를 보냈을 터였다.

그만큼 환자가 악조건이라는 뜻.

더구나 소아 환자이기에 더욱 살리고 싶을 것이다.

모든 환자가 같다 해도 어린아이의 죽음을 보는 건 어떤 의사든 피하고 싶은 경험일 테니.

이내, 도수의 입이 열렸다.

"강 선생은 여길 맡아서 마무리해 주세요. 제가 건너가겠습니다."

도수는 수술복을 갈아입고 김광석이 집도하고 있는 수술실로 갔다.

소독하는 사이, 심장이 가파르게 뛰었다.

'빨리.'

손이 더 빨라졌다.

최고의 실력을 가진 김광석이 수술 중인 자신에게 사람을 보낼 정도면 얼마나 다급한 상황인지 상상도 가지 않았다.

슈우우우우우!

슥, 슥, 손을 닦은 도수는 수술실 문 앞에 섰다.

드르륵.

문이 열리자.

지옥이 펼쳐졌다.

"거즈, 빨리!"

김광석도, 의료진도 도수의 존재를 의식하지 못했다. 그만큼 수술실 안 상황은 급박하게 돌아가고 있었다.

"이리게이션! 거즈! 젠장, 출혈이 안 멎어……!"

김광석의 다급한 음성.

도수는 더 이상 지체하지 않고 그에게로 다가갔다. 그리고 침착하게 환자의 상태를 확인했다.

바이털은 불안정했고 혈압은 수직 하강 하고 있었다.

당장 어레스트가 와도 이상하지 않은 상태.

도수가 말했다.

"제가 하죠."

확.

김광석이 고개를 돌렸다.

"왔구나!"

그는 순순히 비켜섰다.

"난 할 수 없다. 제발 살려라. 제발……!"

도수는 대답할 새도 없이 투시력을 극한까지 발휘하며 다가섰다.

샤아아아아아아.

지금 이 순간.

죽음이 어린 소년의 목줄을 휘감고 끌어당기는 이 순간만 넘길 수 있다면.

그런 기적을 만들 수만 있다면 소년의 생명에 불씨를 다시 지피는 것도 무리는 아니었다.

"후욱."

숨을 들이쉰 도수가 소년의 배 속으로 손을 집어넣었다. 그러고는 소년의 몸에서 피가 빠져나가고 장이 괴사되는 속도보다 빠르게 말했다.

"칼."

칼자루를 받은 도수가 투시력으로 환자의 배 속을 들여다보며 칼날을 놀렸다.

서걱, 석.

지금 같은 상황에선 적당한 매뉴얼이 없었다. 오로지 의사의 판단과 감각에 의지해 신속하게 수술하는 수밖에 없다.

괴사가 진행된 부위는 잘라낸다. 끊어진 혈관은 다시 잇고, 괴사가 심한 장기들 중 들어내도 살 수 있는 장기는 통째로 들어낸다.

그 어떤 수술보다 간단명료한 이 과정이 무게로 치면 천근만근 무거웠다. 환자도, 의사도 이 무게를 견뎌내야 한다.

결론은 오직.

생(生)과 사(死), 둘 중 하나뿐이다.

"후욱."

도수의 숨이 거칠어졌다. 극도로 집중하자 갈비뼈의 통증, 무뎌진 손의 감각은 아무런 방해도 되지 않았다. 배 속을 순식간에 채우는 출혈이 도수의 손을 잠갔다. 동시에 손동작도 느려진다.

"석션."

김광석이 재빠르게 석션을 실시했지만.

그 정도로는 출혈을 감당하기 힘들었다.

"거즈, 많이!"

꾹, 꾹.

거즈를 밀어 넣은 도수는 곧바로 빼서 내던졌다.

철퍽, 철퍽!

수술실 바닥에 늘러 붙는 거즈들.

"젠장……!"

거즈가 닿자마자 피로 흠뻑 물든다는 건 결코 좋은 징조가 아니었다. 특히 소아 환자에게 이 정도 출혈은 견디기 힘들었다.

도수의 손이 더 빨라졌다.

"봉합 도구, 빨리!"

"바이크릴은……."

"그냥 줘요!"

빼앗듯 봉합사와 봉합실을 받아 든 도수는 빠르게 조각난 혈관을 봉합했다. 순서고 뭐고 일단 출혈부터 잡기 위해서. 일단 목숨이 붙어 있어야 감염이나 다른 후유증 등의 고민을 할 수 있다.

"클램프."

턱.

지걱, 지걱.

"칼."

턱.

"가위."

서걱, 서걱……!

"타이……."

그 순간.

환자의 바이털이 뚝 떨어지며 수평을 그렸다.

삐이이이이이이이이이이이.

"선생님, 어레스트!"

"……!"

이미 이 정도 대미지를 받은 환자에게 어레스트가 왔다는
것.

유일한 희망의 끈이 잘려 나갔다는 뜻과 같았다.

하지만 도수는 포기하지 않았다.

샤아아아아아아아.

투시력을 쏟아부으며 말했다.

"어떻게든 숨만 붙여봐요. 1분… 아니, 30초만!"

김광석에게 한 말이다.

김광석 역시 환자를 살리고 싶은 집념은 도수 못지않았기
에 간호사에게 심장을 뛰게 할 아드레날린을 받아 주입했다.

쿡!

"제발… 제발……."

그 순간.

환자의 바이털이 변화를 보였다.

삑. 삑. 삑. 삑……

"성공이에요!"

의료진들이 외치고.

김광석은 털썩 주저앉지 않은 게 이상할 정도로 몸을 크게 들썩이며 안도의 한숨을 내쉬었다.

"다행이다……."

이내 도수를 쳐다본 그가 덧붙였다.

"한 번 더 심장이 멈추면 끝장이야."

도수가 살짝 고개를 끄덕였다.

만약 한 번 더 어레스트가 날 경우 그땐 정말 영영 손쓸 수 없게 될 것이다.

그 전에 출혈을 막고 수술을 끝내야 했다.

그리고 놀랍게도, 환자의 배 속은 절반쯤 원상태를 되찾은 상태였다.

김광석이 눈을 부릅떴다.

"어느새……?"

단순히 복원한 게 아니다.

출혈점을 잡고 생명에 깊게 영향을 미치는 문제들부터 해결했다.

따라서 환자의 생명은 연장됐다.

지금도 그대로 두면 머지않아 불꽃을 다하겠지만, 적어도 불꽃을 단숨에 집어삼키려는 듯 불어닥친 폭풍은 막아낸 셈이다.

그렇다고 해서 안심할 단계는 전혀 아니었다.

도수가 말했다.

"손상이 심한 데 비해 다행히 장기는 모두 살릴 수 있을 것 같습니다."

"그런 것 같구나."

"문제는 바이털인데……."

혈압이 계속 떨어지고 있었다.

배 속의 혈관과 장기를 꿰매고 출혈을 막았는데도 혈압이 떨어진다는 건.

"운드(Wound: 상처) 열린 곳 있나 확인해 보자."

김광석이 초조한 얼굴로 말했다. 출혈 부위가 더 있다면 출혈 과다로 금세 죽어도 이상하지 않았다.

그러나 도수는 고개를 저었다.

"놓친 곳은 없습니다."

투시력을 쓰고 있었기 때문에 확신할 수 있었다.

김광석이 물었다.

"사진도 확인 안 했잖아?"

"상처 때문이 아니에요. 이건……."

도수는 환자의 외상 대신 내부를 꼼꼼히 훑었다. 특별히 이상한 점은 발견되지 않았다. 다시 한번 가슴 쪽을 투시하는 순간.

"이런."

혈행이 늦어지고 있었다.

흘린 피의 양에 비해 공급되는 피의 양이 적어서 혈압이 떨어진다는 의미다.

일단 출혈을 막았다고 해도 이대로 두면 환자가 사망하는 결론에 도달하는 건 같다.

김광석 역시 답답하기 그지없었다.

"사진상에도 문제없어. 왜지? 왜……!"

이 자리 누구도 원인을 파악하지 못하고 있었다.

그 순간에도 도수는 혈행이 늦춰지는 포인트를 찾고 있었다. 그리고 이내, 놀라운 사실을 발견했다.

"혈관들을 지방이 막았어요."

"뭐?"

눈을 크게 뜬 김광석이 재차 물었다.

"지방색전이 관상동맥으로도 갔다고?"

"네. 개흉해야 합니다."

"……!"

"이식밖에 방법이 없어요. 어쩌다 관상동맥으로 흘러 들어간 지방 덩어리가 쪼개지면서 열 군데도 넘게 혈관을 막았습니다."

김광석은 쉽사리 대답하지 못했다. 갑자기 심장을 구할 수 있을 리가 없다는 건 둘째 치고, 관상동맥으로 지방조직이 들어가는 것만 해도 극히 드물었다.

"그게 어떻게……."

"외상을 입으면서 혈관이 파괴된 겁니다. 그로 인해 지방조직이 혈관 속으로 흘러 들어간 거고요."

"하필이면 그게 관상동맥으로 흘러 들어갔단 말이야?"

"네."

일반적인 경우는 아니었다.

그러나 많은 환자들을 접하다 보면 그만큼 많은 특이 케이스들을 접하게 된다.

도수의 말대로라면 환자에게는 결코 시간이 많지 않았다.

그 안에 대체할 심장을 구해야만 살릴 수 있다는 뜻이다.

"하지만 갑자기 심장을 어디서 구해? 정말… 이대로 애가 죽는 걸 지켜봐야 한다고?"

도수는 고개를 저었다.

"원래 심장이 건강했던 아이가 아니에요. 어렸을 때 심장 수술을 받았을 겁니다."

"그걸 어떻게……?"

"들어오기 전에 애 엄마한테 물어봤습니다."

수술실로 들어오기 직전 초조하게 기다리는 아이 엄마를 만난 건 사실이지만 시간이 없어서 몇 마디 나누지 못했다.

투시력으로 심장 상태를 둘러댄 셈이었으나, 중요한 건 그게 아니었다.

애 엄마의 몇 마디 말 속에 이 시점에 가장 필요한 정보가 들어 있었다는 것이다.

"애 아빠도 같이 사고를 당했죠? 현재 뇌사상태고."

"그, 그래."

"애가 심장이 약했다면 뇌사 장기기증 등록을 해놨을 확률이 큽니다."

"아!"

김광석은 탄성을 내질렀으나 당연하고도 중요한 문제점을 떠올렸다.

"성인 심장을 어떻게 애한테 줘?"

그러나 도수는 상식을 깨부쉈다.

"가능하게 만들 겁니다."

그는 심장 성형술을 연구하며 한 가지 과제에 더 봉착했다. 심장이식을 기다리는 국내 소아 청소년 환자가 천 명을 넘는 반면 또래의 장기기증자는 열 몇 명에 불과하다는 점이다. 그 중에 실제 뇌사상태가 와서 장기를 기증하게 되는 경우는 서너 명뿐이다.

나이가 어린 기증자는 그만큼 부족했다. 따라서 아이의 심장이 성인의 심장보다 구하기 힘들었다. 그렇다고 소아 청소년들에게 장기기증을 강요할 수도 없는 노릇.

그렇다면 해결책은 하나였다.

성인 심장을 아이가 품을 수 있게 만드는 것.

도수는 이에 대해 연구했다.

"…제가 심장 성형술을 연구하면서 공통분모로 심장이식을 고려했었습니다."

"아직 검증되지 않은 방법일 텐데?"

"지금 이 아이가 살아 있는 것."

도수는 환자를 내려다보며 덧붙였다.

"…이 아이가 아직 죽지 않고 살아 있는 것도 임기응변과 직감적인 대처가 어우러졌기 때문입니다. 우린 기술자가 아니에요. 기적을 만들려면 규격을 벗어나야 합니다."

"……"

"다른 방법이 있는 것도 아니잖아요? 저도 이제 센터장이니, 책임질 수 있습니다."

어차피 그대로 두면 사망할 환자였다.

그렇기에 김광석은 거부할 수 없었다. 그 역시 아이가 살길 간절히 바라는 사람이었기 때문이다.

나직이 한숨을 쉰 그가 대답했다.

"…내가 바로 나가서 알아보지."

창백한 안색의 김광석이 수술실 문 너머로 사라지자, 환자를 일별한 이시원이 물었다.

"버틸 수 있을까요?"

"심장도 약한 애가 이런 큰수술을 버텨냈어요. 아직도 견뎌내고 있고요. 최악의 상황인 건 맞지만 견뎌줄 겁니다. 심장만 있으면 살릴 수 있어요."

"자기 아빠 심장으로 살아가야 하다니……."

이시원은 입술을 깨물었다.

이 얼마나 가혹한 운명인가?

그러나 도수는 냉철함을 유지했다.

"우리가 해야 할 일은 둘 다 죽지 않도록 아이만이라도 살리는 겁니다."

뇌사판정을 받은 아이 아버지가 깨어날 확률은 극히 희박했다. 굳이 확률로 치자면 일 퍼센트도 채 되지 않을 터였다. 비록 외상은 적어도 가장 중요한 부위가 다친 것이다.

반면 아이는 새 심장만 받을 수 있다면 살아남을 가망이 있었다. 오십 대 오십. 버티지 못하고 사망할 수도 있으나 버티고 생환할 여지가 있다.

그 같은 생각을 하는 도수를 빤히 보던 이시원이 말했다.

"…잠깐이라도 쉬어두세요. 심장 쪽은 센터장님이 직접 손대실 수밖에 없을 거예요."

물론 김광석도 기본적인 흉부외과 수술은 할 수 있었다. 그러나 심장이식은 인공심폐기를 달고 진행해야 하는 고난도 수술이다. 바티스타 수술과 방식은 달라도 결코 더 쉽다고 말할 수가 없는 것이다.

고개를 끄덕인 도수가 말했다.

"수술 준비해 주세요. 바로 들어가야 하니."

"알겠습니다."

이시원은 군말 없이 의료진들과 수술 준비를 했다. 할 일이 많았다. 수술실을 하나 더 새로 잡고 적출 준비를 해야 한다. 동시에 이식 준비도 해야 하니 굉장히 빠듯했다. 준비가 늦어지는 만큼 환자의 생명도 불안정해질 것이므로.

'정말 살릴 수 있는 걸까?'

이시원은 걸음을 옮기며 생각했다.

도수의 실력이야 누구보다 잘 알지만 이런 상태로 실려 와서, 심장이식까지 받고 살아났다는 환자는 듣도 보도 못 했다. 이건 치료의 경지를 넘어 부활이라고 해도 좋을 정도였다. 모든 장기가 부서진 것만 해도 최악의 상황인데 심장까지 문제가 생겼다니.

아직 숨이 붙어 있는 것 자체가 기적을 보는 듯한 상황인 것이다.

그러나 이시원은 이내 세차게 고개를 저었다.

"무슨 생각을 하는 거냐?"

짝!

소리 나게 뺨을 때린 그는 걸음을 재촉했다. 마지막까지 환자 목숨을 포기하지 말아야 하는 것이 의사다. 수술실을 나서서 복도를 지나는데, 허물어져서 오열하는 아이 어머니의 모습이 눈에 밟혔다.

그 앞에 선 김광석 역시 어두운 표정이었다. 그럼에도 그는 애 엄마에게 교통사고를 당한 부자(父子) 중 한 명만 살 수 있다는 사실과, 그 한 명마저도 어떻게 될지 모른다는 비보를 전했을 것이다. 아이 아버지의 심장을 아이에게 주어야 한다는 것까지.

그러한 상황을 머릿속에 그린 이시원은 손이 부서져라 주먹을 쥐었다.

'반드시 살려야 해! 센터장님은 아직 포기하지 않으셨다.'

도수가 포기하지 않았다는 것.

그건 이시원에게 환자가 살 수 있다는 것과 같은 의미로 작용했다.

지금껏 모두가 포기한 환자를 살려냈던 도수이기에.

'…난 내가 할 수 있는 일을 하자.'

다시 한번 믿음을 가진 이시원은 스테이션으로 가서 수술실 어레인지를 도와주는 마취과 간호사에게 전화를 걸었다.

제7장

심장이식

　관상동맥에 색전이 생긴 경우 사망까지 소요되는 시간은
장담할 수 없었다.

　병원까지 오지도 못한 채 사망하는 경우도 있고, 열두 시간
이 지난 시점에 오는 경우도 있다.

　몇 군데나 막혔는지, 또 얼마나 심하게 막혔는지, 얼마나 중
요한 혈관이 막혔는지에 따라 이런 요인들이 다양하게 작용하
기 때문이다.

　그래도 대략적으론 추측이 가능했다.

　심장근육이 허혈 상태에서 버틸 수 있는 시간은 평균적으
로 두 시간 남짓.

이미 대수술로 삼십 분 이상을 보냈으니 한 시간 반이다.

변수는 그사이 출혈로 인한 심정지가 한 차례 있었고, 지금도 환자의 상태가 양호하지 못하다는 점이다.

한편 좋은 변수도 있었다. 지방 색전이 사고 난 직후 생긴 건 아닐 테니 그 시간도 고려해야 한다는 점.

두 가지 상황을 고려했을 때 도수는 길어야 한 시간으로 봤다.

그럼에도 도수가 할 수 있는 건 지켜보는 것뿐이었다.

'지켜본다고 해서 당장 할 수 있는 건 없다.'

그 점을 인지한 도수는 투시력을 아끼며 마취과의에게 현상황에서의 최선을 말했다.

"체온 낮춰주세요."

큰 차이는 없겠지만.

몇 분, 몇 초의 시간이라도 벌 수 있을 터였다. 어쩌면 지금까지 잘 버텨준 아이의 회복력을 감안했을 때 몇십 분에서 몇 시간까지도 차이가 날 수 있다.

이미 그만한 상처를 입고 아직까지 살아 있는 것 자체가 보편적이지 않았다. 한 번 기적을 이뤘다면, 두 번, 세 번 기적을 이룩할지도 모른다.

냉철하게 현 상황을 본 도수는 수술실 한쪽에 쪼그려 앉아 잠시 눈을 붙였다.

그런 그를 보던 마취의는 고개를 내저었다.

'대담하군.'

환자 목숨이 경각에 달린 이 시점에. 피 냄새가 진동하고 환자는 배를 연 채 누워 있는 이 마당에 눈을 붙이는 건 아무나 할 수 있는 일이 아니었다.

이성적으로 생각해서 휴식을 하는 편이 앞으로 닥쳐올 또 한 번의 대수술의 능률을 올린다 해도 그건 마찬가지였다.

간호사들 역시 놀랍긴 마찬가지였다.

특히 이하연은 도수를 힐끔거리며 눈을 떼지 못했다.

'몸도 성치 않다고 들었는데……'

그녀가 보기엔 도수의 휴식이 단순한 휴식처럼 보이지 않았다. 마치 힘들어서 주저앉은 듯 보였던 것이다.

그 순간.

도수가 번쩍 눈을 떴다.

"시작하죠."

"예? 뭘……."

도수가 말했다.

"복부에 수술 패드 덮고, 흉부 열고 심장이식 할 준비합니다."

"아직 김 교수님이 안 오셨는데요……?"

"더 지체할 수 없습니다."

도수는 정확히 시간을 재고 있었다. 이십 분간 눈을 붙였으니 이제 환자에게 남은 예상 시간은 불과 사십 분. 사십 분

안에 인공심폐기를 달아야 한다.

"시작합니다."

수술대 앞에 선 도수는 손을 뻗으며 말했다.

"칼."

이하연이 메스를 건넸다.

그걸 시작으로 도수가 가슴을 절개했다.

스으으으윽.

"개흉기."

저걱, 저걱.

"가슴 열렸습니다."

의료진 하나가 말하자.

고개를 끄덕인 도수가 시계를 봤다.

그리고 그 순간.

김광석이 수술실 문을 열고 들어섰다. 그는 소아 환자를 일별하더니 짤막하게 말했다.

"옆방으로."

도수는 대답도 없이 마취과의를 보았다.

"선생님이 잘해주셔야 합니다. 어떻게든 바이털 잡아주세요."

그 말을 들은 마취과의는 가슴속에서 뜨거운 뭔가가 치밀었다. 이렇게까지 맹목적으로 환자에게 매달리는 써전을 오랜만에 봤기 때문이다. 이런 절박한 상황 자체도 근래 한 번도 못 겪었다. 그리고 이럴 때면 그 자신이 써전이 아님에도 수술에 참여하는 인원으로서 열정이 생겼다.

처음 의사가 되고자 마음먹던 순간 느꼈던 그런 열정이.

"알겠습니다. 책임지고 환자 살려둘 테니 빨리 오세요."

"그러죠."

도수는 김광석과 함께 옆방으로 갔다.

수술복도, 수술 장갑도 새로웠지만 육체만은 그렇지 못했다.

잠시 눈을 붙였는데도 피로감은 여전했다.

"후."

나지막이 한숨을 뱉은 도수가 환자를 내려다봤다.

아이 아버지.

뇌사 상태의 환자다.

뇌사란 뇌간반사가 소실된 상태를 말한다. 다시 말해 의식이 없는 깊은 코마(Coma: 혼수상태)에선 신경반사가 일어나지만 뇌사 판정을 받은 환자는 깨어날 가능성이 없다는 뜻이다.

보호자들은 심장이 멎지 않은 이상 희망을 걸지만 의학적으론 사망이다.

죽은 사람.

그렇게 받아들인 도수가 짧게 말했다.

"칼."

턱.

그는 뇌사자의 가슴을 열었다.

지금 이 순간에도 옆방 소아 환자의 생존 시한은 째깍, 째깍 흐르고 있을 터.

망설이거나 손을 멈출 여유 따윈 없었다.

"가슴 열렸다."

김광석의 말에 고개를 끄덕인 도수가 말했다.

"클램프, 켈리."

집게와 가위를 든 도수의 손이 정교하게 움직였다. 김광석이 양손에 클램프를 들고 그가 지나는 동선에 따라 시야 확보를 도왔다.

서걱, 서걱.

혈관들이 잘려 나갔다.

심장을 적출하는 데에는 그리 긴 시간이 걸리지 않았다.

도수는 심장과 연결된 혈관들을 잘라내고 애 아버지의 심장을 꺼내 아이스박스에 담았다.

"빠르군."

시계를 확인한 김광석이 말했다.

"난 봉합하고 가지."

고개를 끄덕인 도수는 다시 소아 환자가 있는 수술실로 돌아갔다.

쉴 틈이 없었다.

이미 수술실에는 인공심폐기가 세팅되어 있었다.

심장 성형술을 할 때에도 썼던 기계다.

"시작하겠습니다."

도수의 한마디에 의료진들이 분주하게 움직였다.

"보비."

그는 심막을 절개했다.

역겨운 냄새가 올라왔지만 개의치 않았다.

그보다 이마에서 내리는 진땀이 문제였다.

욱신, 욱신.

계속 움직인 탓에 옆구리가 쑤셔왔다.

끊임없이 흐르는 땀을 닦아주던 이하연이 물었다.

"괜찮으세요?"

"네. 카뉼레(Canuler: 주사관)."

그는 심장 성형술에서 그러했듯, 평균보다 훨씬 좁은 시야 안에서도 대정맥과 대동맥을 손쉽게 찾았다.

마치 서랍에서 물건 꺼내듯 쉬워 보였지만, 아무리 실력 좋은 써전이라도 한참 걸렸을 일을 도수이기에 간단히 해낸 것이다.

턱.

카뉼레를 받아서 대정맥과 대동맥에 꽂은 도수가 심폐기 기사를 보며 말했다.

"심폐기 가동해 주세요."

"알겠습니다."

위이이이이이잉.

심폐기가 돌아가자.

도수가 덧붙였다.

"클램프, 심정지액 주세요."

그는 클램프를 걸고 심정지액을 주입했다. 그러자 심장이 천천히 멎었다.

샤아아아아아아.

투시력은 한층 강해졌다.

"켈리."

가위를 받은 그는 혈관을 절제했다.

하나씩 정확하고 빠르게.

서걱, 석······.

혈관들을 잘라내고 심장을 꺼내는 순간, 도수는 손아귀에 잡히는 아이의 심장에 한 가지 사실을 새삼 깨달았다.

어른의 심장보다 훨씬 작은 심장.

그리고 그 심장을 담고 있었던 작은 공간.

이 공간 안에 아이 심장보다 훨씬 큰 어른의 심장을 집어넣어야 한다.

그러자면 핵심 요건은 두 가지다. 하나는 좁은 아이의 가슴 속에 큰 심장이 자리 잡을 공간을 확보하는 것. 또 하나는 성인 심장이식으로 인한 심박 출혈량 증가를 해결해야만 했다.

만약 심박 출혈량이 급작스럽게 상승한다면 일시적인 고혈압이 발생할 것이다. 뿐만 아니라 뇌혈류 증가로 인해 뇌가 부어 생기는 혼수 등 부작용이 뒤따를 터였다.

비슷한 생각을 했는지 이하연이 물었다.

"괜찮을까요?"

다른 의료진들의 표정도 다르지 않았다. 도수는 아이의 가슴에 성인의 심장을 이식할 수 있다고 했지만, 한눈에 봐도 그게 힘들다는 것쯤은 보였기 때문이다.

하지만 도수는 이를 전면 부정 했다.

"심장도 수술하면 됩니다."

말이 쉽지, 아이의 가슴에 어른의 심장을 집어넣기 위해선 심장의 크기도 축소해야 할뿐더러 출력도 낮춰야 한다.

조물주가 아닌 이상 그런 일이 가능할까?

"하지만……."

토를 달던 마취과의는 입을 닫았다.

도수의 눈빛을 본 것이다.

그는 환자를 일별하고 있었는데, 결코 감정적이지 않았다.

열의가 앞서서 일을 그르칠 사람의 표정이 아니었다.

차가운 열정.

그 말이 적합할 것이다.

"…환자 바이탈은 걱정 마십시오. 제가 어떻게든 잡겠습니다."

고개를 끄덕인 도수가 말했다.

"이식 시작합니다."

심장 성형술은 확장성 심근병증 환자를 대상으로 한다. 기형적으로 부어오른 심장을 절제하는 것이다. 하지만 애 아버지의 심장은 그 자체로 아이에게 부담이었다.

"프롤린 투 제로, 테이퍼 커팅 파이브 에잇."

봉합사, 봉합침이 손에서 손으로 건너왔다.

도수는 그 즉시 잠시 멈추고 있던 투시력을 썼다.

샤아아아아아아아아.

애 아버지의 심장이 눈에 들어왔다.

육안으로 보던 깨끗한 심장이 아니었다.

심장근육과 혈관들이 복잡하게 뒤엉킨 그런 모습이었다.

"후."

짤막한 숨을 내뱉은 도수는 혈관들을 피해 심장근육을 잘라내기 시작했다.

서걱.

"……!"

"끙!"

의료진들이 신음을 감추지 못했다. 그냥 보는 것만으로도 아찔했기 때문이다.

맙소사, 심장을 절제하다니!

그러나 도수의 손은 멈추지 않았다.

서걱, 석.

근육을 절제하면 피를 공급하는 심장의 펌프질이 약해질 수밖에 없다.

그렇게 되면 어른의 심장이 가진 출력을 아이의 심장이 가진 출력에 맞출 수가 있었다.

도수는 이 수술을 하며, 오히려 바티스타를 기반으로 한 심장 성형술보단 난이도가 높지 않다고 느꼈다.

심장 성형술의 경우 한쪽이 기형적으로 부푼 심장을 절제해야 한다. 당연히 혈관까지 건드릴 수밖에 없었다.

반면 어른 심장을 아이의 심장만큼 축소시키는 건 절제 부위도 더 협소할뿐더러 근육만 잘라내기 때문에 실질적으로 심장이 입는 대미지도 적었다.

과한 심장근육이 떨어져 나가자 도수는 봉합을 시작했다.

"타이."

슥, 스윽.

귀신같이 근육을 꿰매는 도수.

막 문을 열고 들어온 김광석은 아무도 자신을 쳐다보지 않는 것에 한 번 놀라고, 도수가 이미 심장근육을 절제한 뒤 봉합까지 들어갔다는 사실에 경악했다.

'말도 안 되는……!'

그가 흉부외과 전문의는 아니었으나 지금 보고 있는 광경이 얼마나 기적적인 장면인지 정도는 알 수 있었다. 다른 의료진들 역시 홀린 듯 바라보고 있지 않은가?

'심장근육을 절제하면 출력이 낮아지고 크기도 작아진다' 같은 개소리는 누구라도 할 수 있다. 하지만 이게 개소리인 이유는 대부분의 외과의들이 딱 아이에게 불필요한 근육만 절제할 수 없기 때문이다.

그런데 도수는 그 일을 해내고 있었다.

물론 어디까지나 이 수술이 성공해서 소아 환자가 눈을 뜬다면 이야기겠지만.

도수의 표정에는 흔들림이 보이지 않았다.

'도대체가……'

어떻게 된 녀석이란 말인가.

슥, 스윽.

그사이 귀신같이 근육을 꿰맨 도수가 고개를 들었다.

"혈관 잇습니다."

"크기가 다른데……."

김광석이 신음처럼 뱉자.

도수가 물었다.

"공장문합 할 때 어떻게 하죠?"

"사선으로… 아!"

김광석은 큰 깨달음을 얻었다.

그래, 어른 심장으로 아이 심장을 만드는… 아니, 성형해 버리는 녀석이 혈관 크기 하나 못 맞출까.

그 정도는 김광석도 생각해 낼 수 있는 방법이었다. 단지 혈관을 문합할 때까지 진행할 수조차 없으니 생각해 보지 않았던 것이다.

막연히 '도수라면 할 수 있겠지' 하고 믿었으나 이런 식으로 해낼 줄은 꿈에도 몰랐다.

상상도 못 할 광경을 매번 지치지도 않고 보여주는 도수였다.

"…거의 모세로군."

모세와 차이점이 있다면.

모세는 바다를 갈랐지만 도수는 의학적 기적을 일으켰다는 것. 그리고 모세는 간곡한 기도 끝에 한 번 기적을 이뤘으나 도수는 매번 기적을 만들어내고 있다는 점이었다.

하지만 김광석의 한마디를 들은 사람은 이 안에 없었다. 모든 눈과 귀가 도수와 환자에게 집중되어 있었기 때문이다.

도수는 이 수술의 마지막 단계.

혈관 문합에 들어가기 위해 손을 내밀었다.

"클램프, 켈리."

삑. 삑. 삑. 삑.

소아 환자는 언제 피를 쏟고 모든 의료진의 진을 쏙 빼냈냐는 듯, 평온하게 잠든 아이처럼 잠들어 있을 따름이었다.

제8장
출동

저걱, 저걱.

서로 다른 크기의 혈관.

이 두 혈관을 잇는 방법은 혈관의 단면을 서로 다른 방식으로 절제해 크기를 맞추는 것이었다.

따라서 도수는 소아 환자의 혈관을 가래떡 썰듯 사선으로 잘랐다. 반면 성인 남성의 심장은 직선으로 잘랐다.

길쭉한 타원형과 원형의 혈관이 만나자 크기가 들어맞았다.

물론 이 역시 쉬운 일이 아니었다.

'한 번 보고 바로 크기를 맞추다니…….'

김광석은 연신 놀라고 있었다.

몇 차례 잘라가며 사이즈를 맞춘 것도 아니고 단번에 사이즈를 예측해서 두 혈관을 맞댔다.

그토록 어려운 일을 해내고도 아무렇지 않게 고개를 든 도수가 입을 열었다.

"혈관 봉합합니다."

봉합사와 봉합침을 받은 도수는 클램프를 이용해 혈관들을 하나하나 잇기 시작했다.

모든 혈관을 봉합하기 위해선 지속적인 시야 확보가 중요했다.

"폐동맥, 폐정맥, 먼저 연결하고 상하대정맥, 그다음 대동맥 순으로 연결합니다."

등에 가까운 쪽부터 연결하겠다는 뜻.

슥, 스윽.

동맥을 손쉽게 연결한 도수가 입을 열었다.

"컷."

김광석이 실밥이 거의 보이지 않을 정도로 잘라냈다.

툭!

도수는 기다리지 않고 폐정맥을 연결했다.

"컷."

툭!

그다음은 일사천리.

"컷."

툭!

"컷."

툭!

실들이 잘려 나간 자리에는 빈틈없이 연결된 혈관이 남았다. 집중해서 들여다보지 않으면 원상태의 혈관인 줄 알 정도로 깨끗한 솜씨였다.

도수 한 명이 뛰어나서가 아니라, 어시스트를 서고 있는 김광석의 솜씨도 포함된 결과였다.

힐끗 시간을 확인하는 도수.

"시간 안에 끝나겠네요."

김광석은 그 말을 알아듣고 고개를 끄덕였다.

"살릴 수 있을 것 같다."

그러더니 덧붙인다.

"믿기 힘들지만……."

막연히 살리겠다고.

반드시 살리고야 말겠다고 다짐했으나 '어떻게' 살려야 할지는 판단이 서지 않았다. 그 정도로 상태가 나쁜 환자였다.

그러나 소아 환자는 대견하게도 큰수술을 잘 버텨주고 있었다. 그렇기에 도수가 뭐라도 해볼 수 있는 것이었다.

슥, 스윽.

대정맥을 봉합한 도수는 눈꺼풀을 감았다.

땀방울이 눈에 들어간 것이다.

"땀 닦아줘요."

"아!"

이하연은 방금 땀을 닦았기에 잠시 신기에 가까운 손기술을 보는 데 정신을 팔았다. 찰나의 순간이었는데 다시 도수는 땀을 비 오듯 흘리고 있었다.

"…진짜 괜찮으세요? 땀이 홍수처럼……."

"괜찮습니다."

도수는 말을 잘랐다.

길게 설명할 여력이 없었다.

옆구리는 욱신거리고 손바닥은 쓰리고 무뎠다.

집중력은 바닥을 드러내며 한계를 넘나들고 있었다.

만약 투시력과 오랜 시간 수없는 수술 경험으로 단련된 감각이 아니었다면, 혹은 이 수술이 도수만 할 수 있는 수술이 아니었더라면 여기서 김광석에게 총대를 넘겼을지도 모른다.

하지만 도수는 멈추지 않았다.

이 수술은 '기존 흉부외과 수술의 상식에서 벗어난' 심장이식인 데다 김광석은 흉부외과 전문의도 아니었던 것이다.

"심장 재활합니다."

도수는 약물을 투여했다.

그러나.

잠잠…….

심장은 다시 뛸 생각을 안 했다.

김광석의 표정이 어두워졌다.

"실패인가?"

"아직."

도수는 환자의 가슴에 손을 쑥 집어넣어 심장을 거머쥐었다.

"에피네프린."

그가 말하자.

김광석이 눈을 치떴다.

"이미 한 번 어레스트가 난 환자다."

"심장에 직접 주사할 겁니다."

"……."

두 사람의 시선이 맞부딪쳤다.

먼저 물러난 쪽은 김광석이었다. 무엇보다 집도의도 도수,
환자를 회생시킬 수 있는 인물도 도수뿐이었기 때문이다.

턱.

에피네프린을 건넨 김광석이 말했다.

"꼭……."

"예, 꼭."

도수는 에피네프린 주삿바늘을 환자의 심장에 쑤셨다.

푹!

여전히 미동 없는 심장.

그는 직접 손으로 심장마사지를 시작했다.

꾹, 꾹.

스르륵 눈을 감은 도수가 대부분 소아 환자들이 가지는 심박 수에 집중한 채 손을 쥐락펴락했다.

꾸욱, 꾸욱…….

마치 시체를 붙잡고 되살리려는 것과 같은 느낌.

눈앞에서 잃은 부모님의 모습이 떠올랐다. 아무리 염원하고 기도해도 이미 숨진 부모님은 일어날 기미를 보이지 않았다. 마구 흔들고 오열해도 한마디도 남기지 못한 채 닫힌 입은 열릴 줄 몰랐다.

그땐 아무것도 할 수 없었지만.

지금은 다르다.

'제발!'

꾸욱, 꾹.

그 순간.

두근, 두근…….

손아귀에서 미세한 박동이 느껴졌다.

스륵.

눈을 뜬 도수가 자신을 뚫어져라 쳐다보고 있는 의료진들에게 한마디 했다.

"심폐기 정지."

"설마……."

미미하게 미소 띤 도수가 손을 떼자.

두근, 두근 뛰고 있는 심장이 눈에 들어왔다.

"성공입니다!"

"심장 뛰어요!"

의료진들의 얼굴에도 화색이 돌았다.

김광석 역시 비틀거리며 안도의 한숨을 뱉었다.

"미치겠군. 이러다 내가 먼저 심장이 멎겠다."

한 번의 수술에 몇 번이나 생사 고비를 넘기고 있었다.

위이잉…….

심폐기가 정지되고.

환자의 얼굴을 빤히 보던 도수가 말했다.

"결과는 우리의 영역이 아니에요."

그는 최선을 다했을 뿐.

마지막 생사는 하늘이 도운 것이다.

그러나 늘 반전은 긴장을 늦추고 있을 때 닥쳐오는 법.

아직 수술이 끝나지 않았기에, 도수는 긴장의 끈을 늦추지 않고 말을 이었다.

"가슴 닫겠습니다. 타이."

그 순간.

김광석이 봉합사와 봉합침을 들고 말했다.

"내가 하지."

"…예?"

"거울이 없어서 잘 모르나 본데 네 상태가 말이 아니다."

도수는 그제야 수술복 안이 축축하다는 걸 느꼈다. 다리도 후들후들 떨려오고 있었다. 어떻게 지금까지 투시력을 유지했는지 그게 신기할 지경.

그는 자신도 모르는 사이에 한계를 넘은 것이다.

"부탁드리겠습니다."

도수는 거부하지 않았다.

심장 수술의 초고난도 과정은 모두 끝난 상황.

나머지 봉합 정도는 김광석도 충분히 할 수 있었다.

이 이상의 고집은 아집일 뿐이다.

도수가 한발 물러서자 김광석이 고개를 끄덕였다.

"어떻게 살려낸 환자인데. 마지막까지 긴장하고 마무리하마."

＊　　　＊　　　＊

드르륵.

수술실 문이 열리고 밖으로 나서자.

혼이 나간 채 기다리고 있는 아이 어머니가 다가왔다.

"선생님… 어떻게 됐나요……?"

목소리에 힘이 하나도 없었다.

도수도 도수 나름대로 수술실 안에서 치열한 전쟁을 치렀지만, 환자는 물론 보호자 역시 전쟁을 치렀을 것이다.

차라리 도수는 직접 싸울 수라도 있지, 그녀는 청천벽력 같은 소식을 듣고 달려와 애 아버지와 아이가 모두 죽을 수도 있다는 말을 들어야 했다. 그럼에도 그녀가 할 수 있는 일은 이미 뇌사 지경까지 간 애 아버지의 심장을 아들에게 주는 것뿐이었다. 그마저도 아들을 살릴 수 있을지 백 퍼센트 확신하지 못했다.

이런 그녀의 마음이 놀랍도록 깊이 파고들었다. 도수는 가슴이 저미는 느낌을 받으며 힘겹게 입을 뗐다.

"아직 확신하기는 이릅니다."

"아……."

그녀가 휘청거리자.

도수가 급히 부축하며 말을 이었다.

"…하지만 할 수 있는 모든 의학적 조치를 취했습니다. 아이들의 놀라운 회복력을 믿고 기다려야 합니다. 어른들에 비해 아이들은 훨씬 더 회복이 빠르니 잘 버텨줄 겁니다."

이렇게밖에 얘기할 수 없었다.

이미 하늘이 무너진 여인의 면전에 대고 진실을 말하는 건 쉽지 않았다.

하지만 이 책임은.

누구라도 피하고 싶고 모면하고 싶은 이 상황을 피하면 안 된다.

바로 의사이기 때문에.

그가 외면하는 순간 환자나 보호자는 지금의 수렁보다 더 깊은 수렁에 빠져들 수도 있다.

이미 수령 안에서 허우적댈 힘조차 없는 애 어머니는 창백하고 푸석한 얼굴로 도수를 바라보며 말했다.

"제발 살려주세요, 선생님……. 애 아버지도 그렇게 됐는데 우리 찬영이마저 잘못되면… 전 못 살아요."

담담한 어조였지만 눈물을 흘리고 있진 않았다. 얼마나 울었는지 눈물이 다 마른 것이다.

도수는 말라붙어 떨어지지 않는 입술을 뗐다.

"최선을 다하겠습니다."

늘 그랬다.

할 수 있는 말은 많지 않았다.

대답을 기대하고 한 말이 아니듯, 애 어머니도 무슨 말을 하지 않았다.

"……."

"……."

도수는 애 어머니를 응시하고 있었지만 그녀는 이미 도수 뒤편 수술실을 바라보고 있었다. 마치 어린 아들이 보이기라도 하는 듯이.

"…아드님께선 곧 나올 겁니다."

다시 한번 목례한 도수가 자리를 떠나 의국으로 향했다. 가자마자 주저앉아 쉬어야 할 것 같았다. 옆구리 통증 때문에 한쪽 다리를 절게 됐다.

의국 앞에 도착한 그때.

뒤에서 발목을 잡는 목소리가 들려왔다.

"센터장님!"

무시한 채 문고리를 열고 들어가고 싶은 마음이 굴뚝같았으나.

도수는 몸을 돌렸다.

"무슨 일입니까?"

"아… 연락이 왔어요……! 구조 요청이에요."

"환자는요?"

"팔십 대 등산객 환자라고 합니다. 정상 부근 절벽에서 떨어지는 바람에 낙상(落傷)을 입었는데 출혈이 심한 것 같다고 해요."

"……"

두 가지 방법이 있었다.

가지 않는 것과, 가는 것.

산에서 다친 데다 출혈이 심하다면 빠른 응급처치와 이송을 위해 외상센터 헬기를 띄워야 한다. 지형이 지형이다 보니 레펠도 해야 할 터. 즉, 레펠을 탈 줄 아는 누군가 출동해야 한다는 것인데 그 전까진 김광석이나 이시원이 해왔다.

문제는 둘 모두 지금 수술 중이라는 것.

그렇다고 상황 대처가 미흡한 레지던트 1년 차들만 달랑 보낼 수도 없는 노릇이다. 그들이 가봐야 현장에선 노련한 구급대원보다 나을 게 없을 터였다.

결국 도수는 다시 걸음을 뗐다.

"제가 가죠."

"아, 네!"

그러나 도수는 자신의 몸 상태를 냉정하게 체크했다. 현장 출동은 처음이니, 막상 도착해서 어떤 상황이 기다리고 있을지 모른다. 환자를 위해선 어떤 상황에도 대비가 되어 있어야 했다.

"임재영, 남민수 선생은요?"

"환자 보고 계세요. 불러 드릴까요?"

"네."

도수는 그 즉시 김광석의 연구실로 가서 장비를 걸쳤다. 이미 외상센터 창문 너머로 헬기 프로펠러 돌아가는 소리가 은은하게 들려오는 중. 한가하게 장비를 빌려 쓰겠다는 허락이나 구할 상황이 아니었다.

여분의 장비까지 수거한 그는 스테이션 앞에 모여 있는 임재영과 남민수에게 장비를 던졌다.

턱.

받아 든 임재영과 남민수가 그를 보자.

도수가 말했다.

"입어요. 출동입니다."

"아……!"

임재영이 서둘러 바람막이 파카를 걸쳤다.

반면 남민수는 얼굴이 하얗게 질린 채 물었다.

"레, 레펠을 해야 되는 건가요?"

"해야 해도 제가 합니다. 두 분은 현장 출동용 구급 키트 준비해 주세요."

일반 구조대원이 쓰는 구급용 키트가 아니었다. '현장 출동용'은 김광석과 이시원이 아로대학병원 응급외상센터에서 자주 썼던 물품을 맞춰둔 특수 키트다. 어떤 상황에서도 대처할 수 있도록.

같은 아로대 응급외상센터 출신이라 그런 걸까?

임재영이 비교적 침착하게 물었다.

"혈액은 얼마나 준비할까요?"

"세 팩. 넉넉하게 챙겨요."

"알겠습니다."

"빨리빨리 움직입시다. 일분일초가 환자에게는 골든아워예요."

도수의 시선이 무심코 창밖 하늘로 향했다.

수술 전에는 구름 한 점 없이 푸르고 화창했던 하늘이 회색빛으로 잠겨 있었다. 이리저리 흔들리는 나뭇가지들.

겨울 냄새 가득한 공기마저 그들을 도와주지 않고 있었다.

제9장

치열함은 현장에서도

    현장 출동용 구급 키트를 메고 파카를 걸친 세 사람은 구
조용 헬리콥터에 몸을 실었다.

    타타타타……!

    헬리콥터가 날아오르자.

    창밖으로 이리저리 흔들리는 나무들을 내려다보던 남민수
가 물었다.

    "날씨가 너무 안 좋은데요."

    임재영도 동의했다.

    "악천후엔 비행이건 레펠이건 사고율이 높다고 들었습니다.
김 교수님이야 웬만한 구조원들 만큼 완숙하시니 걱정이 좀 덜 되지만……."

"……."

도수는 말없이 창밖을 응시하고 있었다. 그 순간 투두둑, 소리와 함께 빗물이 묻었다.

"비가… 환자가 더 악화될 수도 있겠네요."

"그겁니다."

"네?"

남민수가 되묻자.

도수가 말을 이었다.

"우리가 목숨 걸고 가는 이유."

"……!"

남민수는 뒤통수를 한 대 맞은 느낌이었다.

그가 겪어온 대학병원의 의사들은 대부분 특권의식에 젖어 있었다.

의사라는 전문직.

아무나 할 수 없고 사회적으로도 화이트칼라로 불리는 엘리트 집단이다.

그렇기에 의사 목숨과 환자 목숨을 같게 여기지 않는다.

으레 대부분이 그렇듯 남의 목숨보다 자신의 목숨을 귀히 여기는 것이다.

한 명의 의사는 수많은 인명을 구할 수 있다는 명분을 앞세워 가며.

한데 도수는 그러지 않았다.

"두 사람 다 환자를 많이 봤으니 알 겁니다. 사고, 질병, 죽음은 갑자기 찾아오죠. 세상에 안전지대는 없어요. 우린 최대한 조심하며 우리 일을 할 뿐입니다."

일을 한다.

거추장스러운 이유도, 포부도 필요치 않았다. 의사가 됐던 사명감으로 의사가 할 일을 할 따름이다.

환자가 있는 곳에 가고 환자를 어떻게든 살리는 일.

"최선을 다하겠습니다."

임재영이 말했고.

남민수가 더했다.

"레펠이라도 타겠습니다……!"

썩 약발이 먹힌 모양.

도수는 고개를 돌렸다.

앙상한 나무들이 빼곡한 산 위를 지나고 있었다.

조종석에서 조종사의 목소리가 들려왔다.

"곧 도착합니다."

"……!"

레지던트 둘의 표정이 굳었다. 마음먹은 것과 달리 몸이 따라주지 않는 듯하다.

그러나 그들과 동일한 경험뿐인 도수는 어느새 침착한 표정으로 레펠 장비를 착용하고 있었다.

"바람이 셉니다. 괜찮으시겠습니까?"

임재영이 못내 걱정되는지 남민수와 같은 질문을 던졌으나.

창밖을 일별한 도수는 고개를 끄덕였다.

"환자 맞을 준비 하고 있어요."

이내 헬리콥터가 상공에 멈추자.

드드드드드……!

기체가 부르르 떨렸다.

오는 중에도 몇 번이나 덜컥거렸던 기체다.

구조대원이 말했다.

"저희가 먼저 내려갈 테니 뒤따라오시면 됩니다. 아래서 줄
을 잡아드리겠습니다."

"알겠습니다."

도수는 담담하게 대답했다. 나름대로 긴장감의 표시였다.

그리고 이내 밖으로 로프를 던진 구조대원들의 하강이 시
작됐다.

"하강!"

쉬이이이이이익!

구조대원들이 연달아 산등성이로 떨어졌다. 능수능란한 베
테랑 대원들이라 그런지 금세 도수의 차례가 왔다.

"조심하십시오."

"무사하셔야 됩니다……!"

앞다퉈 걱정해 주는 두 레지던트를 마주 보고 선 도수가

짤막하게 외쳤다.

"하강!"

타악!

발로 밀친 도수가 레펠을 따라 아래로 떨어졌다.

쉬이이이이이익!

<pre>
        *   *   *
</pre>

아래서 그 모습을 지켜보던 구조대원들이 나지막이 감탄했
다.

"겁이 없네요."

윗사람으로 보이는 대원이 고개를 끄덕였다.

"오래 타봤던 사람 같아."

"부상까지 입어놓고… 이 강풍에."

쉽지 않은 일이었다.

이런 악천후에 레펠을 타는 건 구조대원들에게도 큰 부담
이었으니까.

그럼에도 도수는 두려움을 뚫고, 비바람도 뚫고 지면에 무
사히 안착했다.

턱!

레펠 장비를 풀어 헤친 도수가 물었다.

"환자는?"

"저쪽입니다."

구조대원이 지도를 보며 걸음을 옮겼다. 그들이 내린 곳은 부상자가 있는 포인트로부터 삼십 미터 근방.

머지않아 깎아지른 절벽 아래 피를 흘리고 있는 노인이 눈에 들어왔다.

그를 발견한 도수의 걸음이 빨라졌다.

타타탓!

"환자분."

도수는 환자의 상태를 확인했다.

말을 걸거나 허벅지를 세게 꼬집어봐도 반응이 없었다. 만약 의식이 있다면 비명을 질렀을 것이다. 그러나 눈꺼풀을 벌리고 레이저 펜으로 빛을 쏘자 동공반사는 살아 있다.

'일시적인 쇼크.'

그리 판단한 도수가 투시력을 썼다.

샤아아아아아.

몸 상태가 엉망이었다.

안면부터 골반까지 사선으로 뼈가 부서졌다. 팔다리에도 깊은 상처가 보였다. 피가 철철 흘렀다. 상처에서 새는 출혈도 출혈이지만, 내부 출혈도 무시 못 했다. 떨어진 충격으로 앞뒤가 붙으며 몸속 장기가 다 터졌다. 그 증거로 피로 가득 찬 배가 부풀어 오르고 있었다.

팔십 대 노인이 버티기엔 버거운 상태였다.

의사를 태운 헬기가 직접 오지 않았다면 병원에 닿기도 전에 사망했을 것이다.

그러나 지금은.

살려야 한다.

고개를 돌린 도수가 구조대원들에게 말했다.

"골반부터 턱까지 뼈가 다 부서졌습니다. 장기도 터졌고 상처에서도 출혈이 심해요. 일단 지혈부터 하고 헬기 태우겠습니다."

"여기서요?"

"일차적인 응급조치만 하는 겁니다."

도수가 환자의 다리를 들자 종아리에 벌어진 상처가 보였다.

굴러떨어지는 도중에 날카로운 돌부리나 비슷한 것에 찍힌 상처.

그런데 뼈가 보일 정도로 깊고 끔찍했다.

더 큰 문제는 피가 가는 선을 그리며 쪼르르 떨어지고 있다는 것이다.

게다가 멈출 기미가 보이지 않는다.

"……!"

구조대원들의 표정이 굳었다. 그들이 비록 의사는 아니었지만 수많은 응급환자들을 접하는 몸이다. 이런 식의 출혈이 뭘 의미하는지 정도는 알고 있었다.

"젠장, 이건 너무 심한데요?"

"계속 피가 나겠어요."

대원들의 말에 도수가 고개를 끄덕였다.

"그래서 저희가 온 겁니다."

그는 즉시 압박붕대로 상처 부위를 감았다. 확실히, 상처가 활짝 열린 상태라 이대로 출혈이 지속되면 십 분도 버티기 힘들어 보였다.

도수가 구조대원들을 보며 덧붙였다.

"들것. 그리고 고정 띠 주세요."

"아, 네……!"

더 이상 의문을 가지는 자는 없었다.

고정 띠를 받은 도수는 다시 한번 투시력을 사용했다.

샤아아아아.

마치 엑스레이 사진을 보듯이, 사고 전까지 제 형태를 갖추고 있었을 골격이 보였다. 물론 지금은 형태를 알아보기 힘들 정도로 엉망이었다.

곳곳이 으스러지고 부러진 것이다.

개중 조각난 뼈가 장기를 찔러 내부 출혈을 유도하는 모습도 보였다.

"후."

날숨을 짧게 뱉은 도수는 고정 띠로 뼈를 압박했다.

드드드드! 드드드득!

더 어긋나지 않도록 꽉 고정시키는 것이다.

하지만 직접 투시력으로 봐가며 고정하는 덕분에, 마치 박스 테이프로 단단한 박스를 만드는 것처럼 교묘하고 빈틈없었다.

"그, 선생님. 이런 말씀을 드려도 될지 모르겠지만 방법이 좀 이상한 것 같습니다."

"⋯저희가 배운 것과는 달라서요."

당연한 일.

그들이나 의사들이 배우는 건 엑스레이를 찍기 전 부러진 부위를 찾아 고정하는 수준이다.

도수처럼 그 속을 훤히 꿰뚫어 보고 뼈가 서로 부축하며 더 무너지지 않도록 고정시키는 법은 누구도 배울 수 없는 비기였다.

해서 도수가 말했다.

"정형외과 매뉴얼을 업그레이드한 버전입니다."

"아⋯⋯!"

"아, 예⋯⋯."

무슨 말을 하겠는가?

의사가 그렇다는데.

어리바리하게 대답하는 구조대원들을 보며 도수가 말했다.

"뼈가 사선으로 부서졌습니다. 한두 곳이 아니니 제가 포지션을 정해 드리죠."

구조대원들은 서로 얼굴을 보았다.

어디가 부러졌는지, 그걸 언제 다 확인했다는 걸까.

"저, 선생님. 확실한 겁니까?"

"그게… 어떻게 척 보시고 판별하실 수 있는 건지……."

"전 환자의 뼈 구조가 훤히 다 보입니다."

도수의 대답.

진실과 가장 가까운 대답이었으나 투시력에 대해 꿈에도 상상하지 못하는 구조대원들은 멀리 돌아갔다.

'그만큼 뛰어난 의사라는 건가?'

'이상하네. 응급외상센터장이라고 했는데…….'

정형외과 전문의도 아닌 의사가 딱 보고 여기저기 부러진 뼈의 구조를 안다니 영 믿음이 안 갔지만, 의사가 동행한 이상 환자는 의사 소관이다.

그것도 센터장급 의사라면 두말할 것 없다.

때문에 구조대원들은 궁금한 만큼 토를 달지 않았다.

"…알겠습니다."

도수는 예상했다는 듯 곧바로 그들이 위치할 자리를 지정해 주었다.

"이쪽에 한 분."

환자의 어깨에 포인트를 찍은 도수는 반대편 골반으로 갔다.

"여기. 그리고……."

마지막.

허벅지와 종아리 사이.

움푹 들어간 도가니.

"여기서 잡아주세요. 힘껏 들어 올리셔도 됩니다. 쥐면 안되고 아래서 들어야 합니다."

"예⋯⋯!"

그들은 각자 자리로 위치해서 구호를 셌다.

"하나, 둘, 셋! 웃차!"

번쩍 들어 올리는 순간.

"어?"

구조대원 한 명이 눈을 치떴다.

다른 구조대원이 말했다.

"왜 이렇게 가볍죠?"

당연하다.

흐물거리는 부분을 힘으로 지탱하려면 몇 배의 힘이 든다. 그러나 딱딱하게 고정된 부분에 힘을 가하면 좀 더 수월하게 뭔가를 들어 올릴 수 있다.

딱 지금 상황이 그랬다.

더불어 교묘한 고정 방식과 노인의 부러지고 으깨진 뼈 구조가 정교하게 어우러지며 더 이상의 손상을 줄이고 있었다.

뼈가 기울어지는 일도, 다른 장기에 대미지를 주는 일도 일체 없었다.

이는 흐물거리는 천막이나 텐트를 칠 때 지반과 경사를 고려해 지지대를 세우는 일과 같았다.

도수는 환자의 무게중심이 무너지지 않도록 압박을 하고 구조대원들을 부렸던 것이다.

물론 구조대원들은 신기할 정도로 쉽게 들것에 옮기곤 한가한 소릴 했다.

"이 환자, 생각보다 골절이 심하지 않은 것 같은데요?"

"다행이에요. 이렇게 균형 잡힌 상태로 옮겨보긴 처음입니다."

도수는 군이 설명하지 않고 말했다.

"슬슬 올리죠."

들것에 실린 환자.

구조대원들은 헬리콥터가 떠 있는 곳까지 환자를 옮긴 뒤 로프에 들것을 고정시켰다.

그런 뒤 위에다 수신호를 보냈다.

지익, 지익……

환자를 태운 들것이 로프를 타고 오르기 시작하고.

뒤에 남은 구조대원들은 헬멧을 벗으며 안도의 한숨을 내쉬었다.

"높은 데서 떨어졌던데… 이만하길 다행이네."

"그러게."

그러나.

헬기가 위치한 포인트에서 자리를 지키던 구조 대장만은 눈매를 가늘게 좁히며 혀를 찼다. 역시 매뉴얼을 벗어난 응급처치는 대원들의 솜씨가 아니었다. 그 뒤에 찾아오는 감정은 환자를 옮겨온 대원들의 무지함에 대한 한탄이었다.

"츳… 그럴 리가 있나."

"예?"

"환자 고정할 때 들어간 고정 띠 개수나 위치를 봐라. 저게 불필요한 압박 같냐? 센터장님 아니었으면 들것까지 옮기기도 전에 몇 번이나 환자를 들었다 놨을 거다."

"예? 그게 무슨……"

당황하는 대원들.

그들의 대화를 한 귀로 흘린 도수는 하늘 높이 올라가는 들것에서 눈을 떼지 못했다.

지금 칭찬 듣는 것이 중요한 게 아니다.

지혈한 뒤 뼈를 고정시키고 이송 헬기에 태우는 것.

이건 어디까지나 '응급처치'에 불과하다.

생과 사의 전쟁은 지금부터 시작이었다.

구조대원들.

그리고 도수는 차례로 헬기에 탑승했다.

강풍이 점점 더 심해지고 있었다.

진이 다 빠진 모습으로 헬기에 오르자 창백한 얼굴의 남민수와 임재영이 보였다.

"혈압이랑 산소포화도도 계속 떨어집니다! 어떻게 좀 해보세요!"

임재영이 다급하게 외쳤지만.

남민수는 주삿바늘을 든 채 라인도 잡지 못하고 있었다.

강풍 탓에 기체가 심하게 흔들리고 있었기 때문이다.

"비켜요."

도수가 그들 사이를 비집고 들어가 바늘을 쥐었다. 그는 다른 말을 할 새도 없이 투시력을 썼다.

샤아아아아아아아.

살갗 아래 지나가는 혈관이 정확히 눈에 들어왔다. 팔십 대 노인이라 그런지 혈관의 두께가 무척 얇았다. 레지던트 두 사람이 손 놓고 바라봐야 했던 것도 그래서일 터.

"후."

호흡을 가다듬은 도수는 주삿바늘을 찔렀다. 바늘이 정확히 혈관 속으로 파고들었다.

"피 짜요."

투시력으로 본 환자의 몸속 상태가 너무 나빴다. 이 이상 피가 빠져나가면 혈압은 바닥을 치고 영혼이 육체에서 튕겨 나갈지도 모른다.

"삽관 합니다."

문제는 혈압만이 아니었다.

지속적인 출혈로 인해 산소포화도도 굉장히 나빠진 상태.

폐가 터졌으니 당연했다.

이대로 두면 저산소증으로 인해 뇌사가 올 수도 있는 상황이었다.

도수가 환자의 머리 위쪽으로 움직여 환자의 목을 젖히며 기관 내 삽관을 했다.

쑤욱.

단번에 삽관한 도수가 엠부를 달았다.

"남 선생은 엠부 짜주세요."

"예!"

임재영은 혈액을, 남민수는 앰부를 짰다. 그 둘은 흔들리는 헬기에서도 순식간에 라인을 잡고 삽관까지 마친 도수를 보며 감탄을 금치 못했다.

'어떻게 이렇게 빠르지?'

'말도 안 돼. 움직이는 헬기에서……'

하지만 겉으로 표현하진 못했다.

도수의 표정에 초조한 감정이 어렴풋이 드러났던 것이다.

'젠장.'

배 속이 다 터진 환자의 상태는 여전히 최악. 간신히 생명만 유지하고 있을 따름이다.

타타타타타타타!

빠르게 상공을 가로지르는 헬리콥터가 왜 이리 느리게 느껴지는 걸까?

모든 준비가 끝난 수술실에서 환자를 대할 때완 달랐다. 그렇다고 전쟁터와도 달랐다. 만약 전쟁터에서 이런 환자를 봤다면 손도 못 대보고 포기했을 테니까.

하지만 지금은 아니었다.

조금만 더 빠르면, 더 빨리 병원에 도착하면 살릴 수 있을 것 같은 환자였기 때문이다.

그 순간.

"혈압 떨어집니다!"

피를 짜던 임재영이 외쳤다.

안 그래도 도수도 보고 있던 참이었다.

'열어야 하나?'

움직이는 헬리콥터 안에서 배를 여는 건 도수로서도 위험을 감수해야 하는 일이었다. 배를 연 다음 뭘 해야 할지도 지금은 명확하지 않았다.

이미 환자의 배 속은 손상된 장기와 혈관, 췌장액과 피로 뒤엉킨 채 꽉 들어차서 투시력을 써도 명확한 출혈점이 보이지 않았기 때문이다.

"……."

"센터장님?"

임재영은 마치 지푸라기라도 잡는 심정으로 도수를 보았다.

남민수의 눈빛도 크게 다르지 않았다.

두 레지던트의 절박함 앞에서.

같은 절박함을 품고 있는 도수는 결단 내릴 시점임을 직감했다.

"개복."

"네?"

"……!"

두 사람이 제대로 알아듣지 못하자.

도수가 재차 말했다.

"개복합니다."

"아……!"

그 역시 앞날을 예측할 수 없는 건 두 레지던트와 크게 다르지 않았지만 '책임자'로서의 중압감이 그를 갈림길로 내몰았다.

선택을 해야만 했고.

전쟁터에서 그러했듯, 병원에서 그러했듯 그는 환자를 어떻게든 살리는 쪽을 택했다.

"칼 주세요."

도수가 손을 내밀자.

눈치를 보던 남민수가 말했다.

"센터장님……! 실력이 아무리 뛰어나셔도 이렇게 흔들리는 헬기에서 수술을 하는 건……."

"맞습니다, 센터장님……!"

임재영도 동의했다.

구조대원들도 말릴 기세였다.

지금 이 안에 어려운 결정을 내린 도수의 편은 아무도 없었다. 모두가 한뜻으로 그를 막고자 한다. 하지만 도수는 확신했다.

'이대로 두면 죽어.'

환자의 배 속을 보고 있기에 장담할 수 있었다. 췌장액이 새서 다른 장기를 녹이고 출혈은 불룩한 배를 가득 채워 더 이상 빠져나갈 곳이 없었다. 그 압력에 눌린 장기들이 다 터질 것이다.

이런 상황에서 배를 열지 않는다면 그 이유는 두 가지뿐이다.

후폭풍으로 닥칠 책임 소지가 두렵거나, 환자를 살리고자 하는 의지가 부족하거나.

적어도 도수는 둘 다 아니었다.

그 역시 환자의 배 속을 들여다보지 못했다면 무리하게 배를 열지 않았겠지만, 배 속에 들어 있는 환자의 죽음이 빤히 보이는데 배를 열지 않는 건 외면이었다.

"엽니다. 칼."

임재영이 망설이던 메스를 등 뒤로 숨기려 하는 찰나.

도수가 팔을 쭉 뻗어 손목을 틀어쥐었다.

턱!

"……!"

임재영이 눈을 크게 뜨고.

남민수가 외쳤다.

"센터장님!"

"미안합니다."

누구에게 하는 사과인지 모를 한마디를 남긴 도수는 메스를 빼앗아 들었다. 그리고 구조대원들이 움직이기 전에 환자의 배를 찔렀다.

쑥.

그 순간.

환자가 움찔했다.

도수는 그 상태에서 환자가 깨어나지 않도록 한 손으로 마취제가 든 주사기를 들고 마개를 입으로 물어뜯은 뒤 환자의 혈관에 찔렀다.

푹!

"이런……."

남민수가 신음을 삼켰다. 그는 흔들리는 기체 안에서 아무렇게나 푹 찌른 것 같은 주삿바늘이 환자의 혈관을 파고들었을 거라고 확신하지 못했다.

도수이기에 가능한 일이었으므로.

꾸우욱.

마취제를 투여한 도수가 주사기를 빼서 던지곤 메스를 움직였다.

스으으으으으윽.

도수의 시선은 환자의 가슴팍에 머물렀다. 심장 박동 주기로 환자가 깨어나는 걸 감시하는 것이다.

"마취가 들지 모르겠습니다."

출혈 진행 중에는 마취가 힘들다. 마취제가 혈관을 타고 돌아야 하는데, 밖으로 새기 때문이다. 당연히 약효에도 지장을 받을 수밖에 없었다.

"도움이 필요합니다."

도수는 두 레지던트의 눈을 보았다.

"안 그래도 흔들리는 곳에서 환자까지 몸부림치면 도리가 없어요. 환자를 고정시켜 줄 수 있겠습니까?"

"……."

먼저 대답한 것은 임재영이었다.

"알겠습니다."

어차피 배까지 연 마당.

살리거나 죽이거나 둘 중 하나다.

죽기 아니면 까무러치기라는 생각은 남민수도 마찬가지였다.

"저도 돕겠습니다."

두 사람이 환자를 잡자.

망설이던 구조대원들도 들러붙었다.

두근, 두근.

도수의 심장은 환자보다 훨씬 빠르게 뛰고 있었다. 이십 대, 삼십 대 환자도 아닌 팔십 대 환자다. 끔찍한 고통을 느낄 수도 있는 상황에 수술을 하는 게 맞는 걸까? 쇼크로 죽거나 도착도 전에 사망할 수도 있는 환자를.

차라리 편하게 보내주는 게 낫지 않을까?

무수한 잡념들이 머릿속을 파고들었지만 도수는 고개를 흔들며 모두 털어버렸다. 자신이 흔들리는 순간 환자의 생명도 위험해진다.

움찔, 움찔.

환자의 의식은 여전히 오리무중.

근육만 수축하고 있을 뿐이다.

마취제가 든 것인지, 그냥 환자의 의식이 깨어나지 않는 것인지조차 알 수 없었다.

하지만 한 가지만은 명확했다.

이렇게까지 한 이상 반드시 개복한 효과를 봐야 한다는 것.

도수는 환자를 살리기 위한 첫걸음을 내디뎠다.

"피 쏟아집니다."

"……!"

모두가 흠칫하자.

도수가 덧붙였다.

"임 선생은 거즈, 이리게이션, 타이 준비해 줘요."

"예……!"

임재영이 환자를 놓고 즉각 지시를 수행했다. 그나마 그가 남민수보다 더 수술 경험도 많고 응급환자도 많이 접했기에 고른 것이다.

역시나 임재영은 빠르게 준비를 마쳤다.

그러자.

도수의 메스가 움직였다.

스으으윽.

복막을 가르자.

왈칵!

피가 쏟아졌다.

시작된 것이다.

"임 선생, 거즈! 빨리!"

거즈를 배에 쑤셔 넣고 피를 빨아들인다. 그리고 바닥에 내던지며 다시 외친다.

"이리게이션!"

임재영이 세척액을 붓기 무섭게.

"거즈!"

도수가 무턱대고 거즈를 쑤셔 넣었다. 그리고 다시.

철퍽! 철퍽! 철퍽!

금새 기체 바닥이 피로 물들었다.

세척액이 섞여 옅은 핏물이 퍼지고 있었으나 아무도 그런데 신경을 쓸 여유가 없었다.

"이리게이션!"

콸콸콸!

"거즈!"

철퍽, 철퍽!

"후우."

도수는 온몸이 뜨거웠다. 투시력을 많이 써서 과열된 것인지 지금 이 순간의 흥분 때문인지 알 수 없었다. 반대로 손발은 차가워졌다. 머릿속도.

'침착하게, 침착하게……'

수혈이 출혈을 못 당해내는 상황.

안 그래도 손상된 장기가 배에 가득 찬 혈액과 췌장액에 으깨질 상황.

그래서 배를 열었고, 최대한 지혈을 해야 한다.

이리게이션으로 췌장액과 핏물을 빼낸 도수가 말했다.

"복부동맥부터 봉합합니다."

임재영은 클램프를 들고 달려들었다.

봉합하기 위해선 일단 출혈이 있는 혈관을 찾아 빼내야 하기 때문.

그러나 흔들리는 기체에서 혈관을 찾기란 쉽지 않았다. 혈관을 클램프로 잡고 있기는 더욱 벅찰 터.

임재영의 표정에 절망감이 스치는 순간.

도수가 말했다.

"제가 합니다."

"아……!"

어차피 흔들리는 건 마찬가지.

이런 상황에서 봉합하는 것은, 어디서도 보거나 들은 기억
이 없었다.

그러나 도수는 침착하게 손을 집어넣었다.

덜컹, 덜컹.

흔들리는 기체 안에서.

도수가 투시력을 극한까지 끌어올렸다.

샤아아아아아.

장기 사이로 숨은 동맥.

그 끊어진 부분을 단박에 잡는다.

슥…….

도수의 손에 끌려 올라온 동맥의 절단면이 보였다. 그리고.

푸슈슉!

뿜어지는 피도.

"잡아요."

임재영이 동맥을 받아 들었다.

그러나 여전히 기체는 덜컹거리며 흔들리고 있었다.

'정말 이런 상태로 봉합이 가능하다고?'

'진심인가?'

모두의 시선에 담긴 불신.

어쩌면 당연하다.

혈관을 찾고, 어떻게 바늘을 통과시키는 것까지 성공한다 해도 진동이 있으면 타이가 안 묶이니까.

그러나 도수는 방법을 찾았다.

스르륵.

눈을 감은 그는 진동을 느꼈다.

흔들, 흔들.

진동 폭을 재는 것이다.

일정한 진동과 불규칙적인 진동이 있었다.

일정한 진동은 엔진에서 발생하는 진동.

불규칙적인 진동은 비행할 때 바람의 영향을 받아 생기는 진동이다.

일정한 진동에 대응하기 위해선 진동 폭보다 한 템포 앞서서 손을 놀려야 했다.

반면 불규칙한 진동이 올 땐……

'멈춘다.'

번쩍.

눈을 뜬 도수가 임재영에게 말했다.

"고정시키려고 하지 마세요. 어차피 고정 안 됩니다."

흔들릴 수밖에 없다면.

진동 폭에 따라 흔들리는 임재영의 동선을 예측해서 선점

하는 편이 수월했다.

"아… 알겠습니다."

도수는 팔에 힘을 빼고 헬리콥터의 진동이 움직이는 대로
흔들렸다. 그리고 나서 임재영이 흔들리는 폭에 맞춰 봉합침
을 놀렸다.

스윽.

놀랍게도.

단번에 봉합침이 끊어진 혈관의 단면부를 꿰었다. 봉합사가
뒤따라 움직이고, 도수가 매듭을 만들었다.

슥, 스윽.

봉합사가 놀랍게 엉키며 매듭이 되었다. 그 사이를 도수의
손가락이 미끄러지듯 빠져나왔다.

그야말로 최소한의 움직임.

매듭을 완성한 도수가 넋을 놓고 있는 임재영의 정신을 일
깨웠다.

"컷."

"커, 컷……!"

툭!

"다시."

스윽, 슥.

"컷."

툭!

"더 짧게."

스윽, 슥.

"컷."

툭!

이 기체의 진동 속에서도 도수의 타이 실력은 죽지 않았다. 오히려 빛을 발하고 있었다. 어떤 써전이라도 두 눈으로 보지 않고는 믿을 수 없는 광경을 담담히 펼쳐내고 있는 것이다.

동맥을 봉합하자 내부 출혈이 완화됐다.

완전히 출혈을 멈출 순 없겠지만 한고비 넘긴 셈이다.

도수가 바이털을 확인했다.

"……."

잠시 후.

남민수가 말했다.

"혈압 조금씩 돌아옵니다."

"푸하!"

다들 물속에서 튀어나온 것처럼 숨을 뱉었다. 그들 모두 가슴을 졸였던 것이다.

그 와중에도 담담하게 고개를 끄덕인 도수는 여기서 멈추지 않고 입을 열었다.

"세척한 장기들, 패드로 패킹하겠습니다."

폐매는 봉합도 했는데 감싸는 패드 패킹쯤이야.

가장 큰 위험이었던 동맥 봉합은 어떻게 성공했다지만, 이 진동 속에서 연달아 성공할 자신은 없었다.

더구나 장시간이 아니라면 패킹과 타이는 큰 차이도 없다.

패킹이 끝나고.

점차 안정을 찾아가는 혈압을 보며 땀을 닦은 임재영이 말했다.

"대기조가 까무러치겠네요."

다들 고개를 주억거렸다.

그러나 정작 도수는 그 말을 한 귀로 흘리며 창밖을 보았다.

병원까진 아직 십여 분을 더 가야 했다.

제10장
휴일은 없다

헬리콥터는 병원 상공에서 멈추더니 천천히 내려앉았다.

타타타타타타타!

프로펠러가 일으킨 바람이 강풍과 어우러지며 주위를 날리고 있었다.

문이 열리고.

스트레처 카를 끌고 나온 김광석과 강미소가 보였다.

"환자 옮깁니다."

도수와 레지던트 둘, 구조대원들은 함께 환자를 스트레처 카에 실었다.

환자 상태를 확인한 강미소의 입이 열렸다.

"이게 무슨……!"

응급조치 정도가 아니었다.

활짝 열린 환자의 배를 수술 패드가 감싸고 있었다.

"어떻게 된 거예요?"

고개를 홱 돌린 강미소가 물었다.

도수가 대답했다.

"일단 응급처치는 했습니다."

"처치요?"

강미소는 자기가 똑바로 들은 게 맞냐는 표정으로 물었다.

"이게 처치라고요?"

"이러고 있을 시간이 없어요. 빨리 수술해야 돼요."

도수는 한시가 급했다.

한편 강미소는 자신이 본 광경에 대해 수많은 의문이 들었다. 환자 상태에 대해 기본적인 검사도 할 수 없는 공간에서 대체 무슨 짓을 저지른 걸까. 하지만 호기심이 환자보다 먼저일 순 없었다.

"임 선생! 남 선생! 도와요!"

그녀와 레지던트 둘이 스트레처 카를 끌고 앞서가자.

뒤를 따르던 김광석이 도수에게 물었다.

"어떻게 된 건가?"

"뼈가 부러지고 장기가 다 터졌습니다. 뼈는 고정시키고 터진 장기는 패드로 감쌌습니다. 출혈이 심해 복부대동맥만 봉합을 했고요."

"……!"

김광석이 경악했다.

"봉합했다고? 헬기 안에서?"

배를 연 것도 미치고 팔짝 뛸 노릇인데 봉합이라니. 이걸 믿어야 하나 말아야 하나 헷갈렸지만 상대는 도수. 지금 상황에 농담이나 하고 있을 위인이 아니다.

역시나 도수는 침착하게 대답했다.

"그렇습니다. 혈압은 정상으로 올라갔지만 아직 안심할 단계는 아니에요. 부상도 심하지만 환자 나이도 문제입니다."

팔십 대 노인 환자.

그 정도는 미리 듣고 온 김광석은 고개를 주억거렸다.

"내가 하지."

"네?"

"수술. 내가 하마."

"왜……."

도수는 말을 하다 멈췄다. 지금 자신의 얼굴을 볼 재간이 없었기 때문이다. 그의 안색을 빤히 훑던 김광석이 말했다.

"네 얼굴, 시체라고 해도 믿을 지경이야. 큰수술을 두 개나 하고 바로 현장까지 다녀왔어. 집중력이 떨어질 수밖에 없다."

"……."

"날 믿나?"

당연히.

김광석의 실력은 의심의 여지가 없다.

"믿습니다."

"그럼 좀 쉬어둬. 아직 어떤 환자가 더 밀려올지도 모르는 상황에서 둘 다 퍼지면 안 된다. 흉부외과나 신경외과 수술을 할 수 있는 건 응급실에 너뿐이야. 우리도 할 수 있는 수술은 우리가 하마."

툭, 툭.

도수의 어깨를 두 번 두드린 김광석이 훌쩍 앞서가며 스트레처 카를 함께 밀었다.

"……."

뒤에 남겨진 도수는 걸음을 멈추며 멀어져 가는 의료진들과 환자를 응시했다.

'혼자가 아니다.'

이젠 그를 도와줄 든든한 팀원들이 있었다. 전쟁터에서처럼 자신만이 죽어가는 이들을 살릴 수 있는 게 아니었다. 자신만 할 수 있다는 지독한 책임감의 무게에 등 떠밀려 총탄이 빗발치는 지옥 속으로 뛰어들지 않아도 된다.

"하……."

한숨을 내쉰 도수는 하늘을 올려다보았다. 회색빛으로 잠긴 하늘. 쌀쌀한 겨울바람이 얼굴을 쓸고 지나갔다.

핑.

아찔할 정도로 어지러워진 도수가 일순 비틀거렸다. 자기도 모르는 새 몸에 너무 큰 부담을 준 것이다. 눈을 지그시 감았다 뜬 도수는 다시 초점이 잡힌 병원 건물을 바라보며 걸음을 옮겼다.

                    *   *   *

도수는 어떻게 와서 어떻게 잠이 들었는지 기억하지 못했다. 눈을 떠보니 연구실 형광등이 동공을 찌르고 있었다. 아무래도 불 끌 새도 없이 깊은 잠에 빠졌던 듯하다.

"이럴 때가 아니지."

중얼거린 도수는 간이침대에서 몸을 일으켜 연구실을 나섰다.

눈에 익은 응급실 풍경이 펼쳐졌다.

그때 강미소가 지나가다 그를 발견하고 걸음을 멈췄다.

"일어나셨어요?"

"얼마나 잤죠?"

"예닐곱 시간?"

"푹 잤네요."

적어도 그의 평균 수면 시간 안에선 그렇다.

"환자는요?"

"어떤 환자 말씀하시는 거예요?"

응급실을 찾는 환자는 너무나 많다.

따라서 도수가 생각하는 환자와 그녀가 생각하는 환자가 다를 수 있었다.

"헬기로 이송해 온 환자."

"아… 이용구 환자! 지금 회복실에 계세요."

"후우."

도수는 안도했다.

김광석이 무사히 2차 수술을 마친 것이다.

"소아 환자는요?"

도수가 출동하기 전 수술한 환자에 대해 묻자, 강미소가 대답했다.

"이찬영 환자요? 그 애도 의식을 찾았고요."

"다행이에요."

정말.

다행이다.

"일 보세요."

도수는 회복실로 걸음을 옮겼다.

먼저 만난 건 소아 환자 이찬영이었다.

도수가 나가가사 수술실 앞에서 만났던 애 엄마가 화장기 없이 자다 깬 얼굴로 맞이했다.

"선생님……!"

"안녕하세요."

"감사합니다. 감사합니다."

"아닙니다. 찬영이 상태 좀 볼게요."

"아, 네!"

그녀가 비켜서자.

링거를 주렁주렁 달고 있는 찬영이의 모습이 보였다.

눈을 깜빡이는 녀석.

그 작은 행동이 도수에게는 기적같이 느껴졌다.

"깨어났구나."

찬영이가 미세하게 고개를 끄덕였다.

그마저도 감사했다.

"곧 건강해질 거야."

그는 찬영이의 머리카락을 쓸었다. 동시에 투시력을 썼다.

샤아아아아아아.

아직 항생제나 소변 줄, 수액은 떼긴 일렀지만 이곳에 들어와 수술할 때까지의 상황을 생각해 보면 지나치게 빠른 회복 속도였다.

역시 아이들의 회복 속도는 아무도 예측할 수 없다.

"다행이다."

짧은 한마디를 남긴 도수는 보호자에게 고개를 돌렸다.

"고비는 넘긴 것 같습니다. 좀 더 지켜봐야겠지만 이런 회복 속도면 금방 건강을 되찾을 거예요."

"감사합니다, 선생님. 주치의 선생님이 그러셨어요. 선생님이 우리 애를 살려주셨다고… 쉽지 않은 수술이었다고요."

틀린 말은 아니었다.

그러나 도수는 고개를 저었다.

"아닙니다."

환자가 버티지 못했다면 수술은 실패했을 것이다. 조금이라도 구조대원들이 늦게 도착했거나, 수술 중 의료진 누구라도 한눈을 팔았다면 그 역시 실패했을 터였다. 지금 찬영이가 눈을 뜬 건 이 모든 게 맞아떨어진 결과였다.

"그럼 다시 오겠습니다."

고개를 가볍게 숙여 보인 도수는 병실을 나서서 옆 병실로 갔다.

팔십 대 등산객 이용구 환자는 아직 의식을 찾지 못한 상태였다.

샤아아아아아아.

투시력을 써서 몸속을 살펴봤지만 특별히 수술 과정에서 문제는 없었던 듯하다. 그저 너무 피를 많이 흘린 데다 고령의 환자라 회복이 더딜 뿐.

물론 최악의 경우 이대로 깨어날 수 없을지도 몰랐다.

이는 더 이상 의사가 할 수 있는 영역이 아니었다.

"……."

말없이 그를 지켜보던 도수는 몸을 돌려 실을 나왔다.

그가 향한 곳은 김광석 교수의 연구실이었다. 연구실 앞에

도착했을 때, '퇴실'이라는 팻말이 보였다.

'퇴근하셨다고?'

좀처럼 없던 일이다. 오늘 당직이 조근현 교수라고 해도, 어느 때든 항시 대기하던 김광석이 병원을 나갔다니 왠지 낯설었다.

도수가 휴대폰을 들자.

부재중전화가 여러 통 찍혀 있었다.

'해리?'

김광석의 외동딸이자 도수와 남매처럼 지냈던 아이다.

그는 바로 통화 버튼을 눌렀다.

뚜르르르르르. 뚜르르르르르.

신호가 가고.

이내 해리의 목소리가 들려왔다.

—오빠!

"어?"

—어라니? 어떻게 그동안 전화 한 통 없냐.

서운한 말투.

내심 집에 무슨 일이 있나 긴장했던 도수는 피식 웃었다.

"너도 없었던 것 같은데."

—받기나 했나, 뭐?

"전화는 했었고?"

—…에헴! 난 눈코 뜰 새 없이 바쁜 수험생이고?

"그렇다 치자."

바쁘기로 수험생이 응급외상센터장만 하겠는가?

하지만 도수는 따지지 않았다.

"그나저나 웬일이야? 전화를 다 하고."

—오랜만에 아빠가 집에 오셔서. 오빠도 올 수 있으면 오라고. 오랜만에 우리 가족이 다 모이는 자린데 오빠가 빠지면 안 되잖아?

가족이라.

도수가 라크리마에 있을 땐, 꿈도 못 꿔본 개념이다.

그런데 이곳 한국에서 새로운 가족이 생겼다.

돌아가신 부모님은 돌아오지 않지만, 그분들이 대신 보내주신 것 같은 인연을 만났다.

"갈게."

도수가 대수롭지 않게 대답하자.

김해리가 반색했다.

—진짜? 진짜지?

"응."

수화기 너머에서 김광석의 목소리가 들려왔다.

—간만에 푹 자는데 왜 깨우고 그래?

—아빠는……! 잠이 중요한가? 이렇게 모이기가 얼마나 힘든데요.

그에 임숙영이 거들었다.

—그러게. 네 아빠는 너무 냉정하다, 얘.

듣고 있던 도수의 입가에 슬그머니 미소가 떠올랐다.

"푹 잤다고 전해 드려. 이따 보자."

전화를 끊은 도수는 연구실로 가서 옷을 갈아입었다. 오후 여덟 시가 막 지나는 시점. 응급실에 있다 보면 날짜 개념이나 시간 개념이 사라지게 된다. 환자는 밤낮 안 가리고 발생하는 법이니까.

병원 규정대로라면 퇴근 시간이 한참 지난 초과 근무시간이었지만 도수는 사복이 어색했다. 천하대병원에 부임한 후 지난 몇 달은 정말 어떻게 갔는지 모르게 지나 버린 것이다.

사복을 입고 응급실로 나가자, 다른 이들도 그를 이채 띤 눈빛으로 보았다.

"우와, 퇴근하시는 거예요?"

강미소가 스타트를 끊자 스테이션에 기대 서 있던 이시원도 놀란 기색이 만연한 얼굴로 물었다.

"그러고 보니 센터장님은 오프도 없으셨죠?"

"오프가 없으신 게 아니라 안 챙기신 거지."

강미소가 정정해 주자.

이시원이 고개를 주억거렸다.

"하긴… 센터장님을 필요로 하는 환자가 너무 많긴 하죠."

어조에서 존경심이 묻어났다.

피식 웃은 도수가 그의 어깨를 짚곤 간호사들에게 말했다.

"저 퇴근해요. 무슨 일 있으면 호출해 주시고."

"예."

"푹 쉬다 오세요."

그녀들의 인사를 들은 도수가 답했다.

"다녀오겠습니다."

그는 응급실을 나섰다. 문턱을 넘기 전까지 마치 뒤에서 누군가 달려와 잡을 것만 같았다. 사이렌을 울리는 구급차가 그를 필요로 하는 환자를 싣고 들어올 것 같았지만 오늘따라 병원 밖도 고요했다.

"병이네, 병."

중얼거린 도수는 택시를 타고 한 고급 아파트로 향했다. 김광석과 가족들이 이사 온 곳이다. 도수는 한 번밖에 안 가봤기에 다시 전화를 걸어야 했다.

"몇 동, 몇 호야?"

대답을 들은 그가 전화를 끊고 집으로 올라갔다. 문을 두드리자 김해리가 현관문을 활짝 열었다.

"오빠!"

"안녕."

"이게 뭐야? 왜 이렇게 수척해졌어? 살이 더 빠졌네?"

도수의 얼굴을 만지작거리는 해리.

도수는 그녀의 손을 뿌리치며 임숙영과 김광석에게 인사했다.

"저 왔어요."

"어서 와라."

김광석이 빙그레 웃으며 말했고.

임숙영 또한 식탁을 가리키며 자리를 권했다.

"앉아. 밥 먹자."

그 순간.

도수의 귓가에 시끄러운 사이렌 소리가 울려 퍼졌다.

"어?"

그가 마주 보고 있던 해리, 그리고 임숙영과 김광석의 얼굴
이 흐릿해졌다.

"이게 무슨……."

말이 끝나기도 전에.

지진이라도 난 것처럼 지면이 흔들리며 도수가 눈을 번쩍
떴다.

"센터장님! 큰일 났어요!"

실내는 어두웠다.

강미소가 그를 흔들어 깨우고 있었다.

'꿈?'

아직도 현실감이 돌아오지 않은 도수를 향해.

강미소가 말했다.

"지금 밖에 김 교수님 사모님께서 실려 오셨어요!"

벌떡.

상체를 일으킨 도수가 물었다.

"뭐라고요?"

"김광석 교수님 사모님이……."

"그분이 왜?"

"저도 잘 모르겠어요. 검사를 해봐야……."

도수는 그 말을 끝까지 듣지도 않은 채 연구실을 박차고 나섰다.

평소 그답지 않은 모습이었다.

단순히 아는 사람이 실려 와서가 아니라, 행복한 꿈을 꾸던 중 깨어난 여파가 흘러든 것이다.

불길했다.

너무 상반된 꿈과 지금 상황이.

타타탓.

달려 나가자 스트레처 카에 실려 온 임숙영의 얼굴이 보였다. 그 옆에 있는 김해리는 얼굴이 온통 눈물범벅이었고, 김광석은 안색이 창백했다.

"정신 차려봐."

그가 말하자.

임숙영이 대답했다.

"…며칠 전부터 윗배가 너무 아팠어요."

"말을 하지, 왜……."

애타는 목소리를 들은 임숙영이 희미한 미소를 지었다.

"해리는 수험생이고 당신은 바쁜데 어떻게 말해요?"

얼굴이 노랗게 뜬 것이 황달기가 있었다.

'설마······.'

황달과 극심한 복통이 동반되는 질환들을 떠올린 김광석은 고개를 세차게 저었다.

"일단 검사를 해보자."

해리가 엄마에게 매달려서 물었다.

"엄마, 괜찮아?"

"엄마 괜찮아."

그들에게 다가간 도수는 말없이 투시력을 썼다.

샤아아아아아아아.

아프다는 복부.

그 복부 속 모습이 눈에 들어왔다.

'담낭암.'

그랬다.

임숙영은 종양이 있었다.

'어디로 갔지?'

근처 장기를 훑자, 간과 대장에도 침윤된 종양이 보였다.

아직 전이된 흔적은 없다.

'침윤'은 인접 장기로 직접 암이 파고들어 가는 것. '전이'는 혈관이나 림프절을 통해 멀리 떨어진 장기까지 퍼져가는 걸 의미했다.

이미 침윤이 진행됐다면 근치적 수술은 힘들다는 뜻.

즉, 완치가 힘들다는 것이다.

'젠장.'

선뜻 믿기지가 않았다.

투시력이 틀리길 바랐다.

그러나 머리로는 이미 틀리지 않았다는 사실을 알고 있었다.

그래서일까?

철렁 내려앉은 심장과 달리 도수는 머릿속으로 여러 수술법들을 찾아보고 있었다.

그사이 김광석이 다른 의료진들에게 지시했다.

"CT 찍어줘. 빨리."

"알겠습니다."

이시원이 대답하자.

아내에게 고개를 돌린 김광석이 손을 잡으며 말했다.

"너무 걱정 마."

"복통인데요, 뭐… 당신이나 걱정 마세요."

그렇게 말은 하고 있었지만.

아내의 증상을 확인한 김광석은 직감하고 있었다. 아내의 질환이 가볍지 않을 수도 있음을.

어디까지나 수많은 환자들을 상대해 봤기 때문에 발동하는 촉이다.

이런 촉이, 지금만큼은 결코 달갑지 않았다.

"…그래."

그는 그렇게 대답하곤 이시원에게 눈짓했다.

이시원이 임숙영을 데리고 CT를 찍으러 간 뒤.

김해리를 가볍게 안은 김광석이 말했다.

"괜찮다."

"아빠, 엄마가… 엄청 괴로워하셨어요. 정말 너무 괴로워했는데……. 큰 병은 아니겠죠?"

"아닐 거야."

김광석이 덧붙였다.

"그렇게 믿자꾸나."

"네……."

"……."

도수는 일부러 그들에게 말을 걸지 않았다. 부녀 역시 정신이 얼마나 없으면 도수를 발견하지 못하고 있었다. 그런 그때.

해리를 안아주던 김광석이 도수를 보았다. 그렇게 마주친 눈빛 속에.

도수는 볼 수 있었다.

'죄책감……'

김광석은 이루 말할 수 없는 죄책감과 후회를 느끼고 있었다. 조금만 신경을 썼으면, 간간이 집에 얼굴만 비쳤어도 아내가 아프단 사실을 미리 눈치챘을 것이다. 참고 참다가 병원까지 실려 온 아내를 보며, 그는 한 사람의 남편이자 의사로서 좌절했다.

"잠깐."

해리를 떼어놓은 김광석이 도수에게 다가섰다.

"도수야."

그는 도수를 '센터장'이라고 부르지 않았다.

도수 역시 개의치 않고 대답했다.

"예."

"만약… 그럴 리 없겠지만 만약……."

그는 말을 잇지 못했다. '큰수술이 필요하면'이란 말이 입에 담기지 않는 것이다.

해서 도수가 선수를 쳤다.

"제가 할게요."

"…그래."

김광석이 말을 이었다.

"부탁한다. 아내 일이라, 내가 믿고 맡길 수 있는 사람은 너뿐일 것 같구나."

"네."

사실, 김광석의 부탁은 원칙을 벗어나는 것이었다.

가족이나 지인이 아플 경우 관계가 있는 의사는 직접 수술에 들어가지 않는 게 원칙이었으니까.

꼭 직계가족이 아니라도 친분이 있는 누군가의 몸에 칼을

대는 건 쉽지 않았다.

수술실에서 냉철함을 잃은 써전은 1년 차 간호사보다 못하다.

그걸 누구보다 잘 알고 있는 김광석이 도수에게 부탁한 건 써전으로서 그의 실력과 자질에 대해 원칙 이상의 믿음이 있기 때문이었다.

김광석이 덧붙였다.

"혹시라도… 수술이 필요하게 되면 과장님께는 내가 잘 얘기하겠다."

천하대병원에는 엄연히 간담췌 분야의 권위자인 외과과장이 있는 상황이다. 그에게 도수한테 수술을 맡기겠다고 하는 건 자칫 '당신의 실력을 못 믿겠다'는 말처럼 들릴 수 있었다.

조금 더 파고들면 도수가 이 수술을 맡을 경우 외과의 미움을 살 수도 있다는 의미다.

그럼에도 도수는 선선히 대답했다.

"알겠습니다."

저벅, 저벅……

그는 김광석을 지나쳐 해리에게 갔다.

해리가 눈물이 그렁그렁한 눈으로 그를 올려다보며 말했다.

"오빠, 엄마… 괜찮겠지?"

"괜찮으실 거야."

잠시 꿈 생각을 하던 도수가 말을 이었다.

"집 안에 실력 있는 의사가 둘이야. 걱정 마라."

"응⋯⋯."

의사를 꿈꾸는 해리도, 이미 한 분야에 권위자인 김광석도 지금은 보호자일 뿐이었다. 다른 환자들의 보호자와 조금도 다르지 않았다.

그녀를 응시하던 도수는 가볍게 몸을 밀착시키며 등을 토닥여 주었다. 그러자 해리가 품에 안겨왔다.

"오빠⋯ 우리 엄마, 꼭 치료해 줘."

"아줌마는 건강하실 거야."

도수는 스스로 다짐하듯 말했다. 다른 환자의 보호자가 물어왔다면 분명 '최선을 다하겠습니다'라고 했을 텐데. 그 역시 사람인지라 해리에게만은 희망적인 메시지를 줄 수밖에 없었다.

*　　　*　　　*

CT 결과는 도수의 예측을 벗어나지 않았다. 김광석은 그가 예측했던 질환 중 가장 생각하기 끔찍했던 질환을 떠올려야 했다.

"담낭암입니다."

"⋯⋯."

두 사람은 사진을 보고 있었다. 그 자체만으로도 충격적이고 절망적이었지만 도수는 이미 투시력을 통해 알아채고 있던 상태. 밖에서 기다리고 있는 해리에게 무어라 설명해야 할지 암담했다.

물론 김광석은 하늘이 무너진 표정으로 입을 벙긋거렸다.

"…확실한가? 검사가 잘못된 게 아니냔 말이야."

"보시다시피… 확실합니다. 죄송합니다, 교수님."

외과교수 성재호가 어두운 얼굴로 대답했다. 그리고 그의 대답이, 김광석에게 다시 한번 절망감을 선사했다.

"그래, 틀릴 리 없겠지."

그는 마음을 다잡으려 애쓰는 게 역력한 표정으로 말을 이었다.

"…안 좋군."

이미 다른 장기로의 침윤이 진행된 상황.

안 그래도 예후가 좋지 않은 담낭암에 침윤까지.

가히 절망적이었다.

"그렇습니다."

성재호의 말을 들은 김광석은 여러 차례 고개를 끄덕이다 헛웃음을 흘렸다.

"허허허허… 그래도 외과의사란 놈이 자기 아내 건강도 못 챙기고……. 장기가 다 썩어갈 때까지……."

울컥.

눈시울이 뜨거워지고 볼을 타고 뜨거운 무언가가 흘러내렸다. 그걸 시작으로, 수도꼭지를 튼 듯 계속해 눈물이 떨어졌다.

"내가 무슨 꼴을……."

연신 얼굴을 쓸어내리는 김광석.

도수가 어깨를 잡으며 송재호에게 물었다.

"외과에선 완치가 가능하겠습니까?"

"……."

잠시 망설이던 성재호가 대답했다.

"센터장님께서도 보셔서 아시겠지만… 근치적 절제가 한계입니다. 저희 과 과장님한테 여쭤봐야겠지만, 아마 그렇습니다."

"아마라니? 그런 말이 어디 있나?"

김광석은 이성의 끈을 늦추고 따지듯 물었다. 진단을 번복해 달라고 아우성이라도 치듯이.

그러나 성재호는 고개를 숙이며 그의 마지막 보루를 무너뜨렸다.

"죄송합니다."

사과의 의미는 간단했다.

그가 말한 '아마'는 예의상일 뿐, 확신이라는 뜻이나.

담낭암이 근처 장기까지 침윤된 이 경우, 결코 희망적인 예후를 기대할 수 없다는 뜻이기도 했다.

바로 그때.

도수가 말했다.

"그럼 제가 해도 되겠습니까?"

"뭘 말씀하시는 건지."

"수술이요."

"아, 그건 과장님께……."

"성 선생님이 전달해 주십시오."

"전달이요?"

성재호의 눈썹이 꿈틀거렸다. 과장에게 부탁을 해도 모자랄 판에 전달해 달라니. 이건 통보하겠다는 뜻이다. 아무리 같은 과장급이라도, 응급외상센터장은 아직 외부인 이미지가 강했다.

"그보다 직접 전하시는 게."

"그러려고 했습니다만……."

도수는 김광석을 일별하고 말을 이었다.

"강한 의지를 피력하는 편이 나을 것 같다고 판단했습니다. 외과에서 부정적인 소견을 내놓은 환자를 제가 수술하는 걸 달가워하지 않으실 테니."

"말씀하셨듯이 과장님께서 좋게 보지 않으실 겁니다."

"언제는 신경 쓰셨던가요?"

도수의 물음에는 많은 의미가 들어가 있었다. 현재 외과과장이 재실 중임에도 내부 사람의 아내인 임숙영의 진단을 성재호가 했다는 것은, 그만큼 신경을 쓰고 있지 않거나 원내의 한심한 텃새 놀음을 하겠다는 뜻이었다.

직선적인 질문이었으나 도수는 센터장. 아무리 성재호가 응급외상센터 인력을 인정하지 않는다 해도, 직급 차를 함부로 넘나들 순 없었다.

"알겠습니다. 그렇게 전하죠."

"고맙습니다."

가볍게 고개를 숙인 도수가 김광석을 돌아봤다.

"가시죠."

"⋯잠시만."

김광석은 이마를 짚으며 움직이지 않았다. 도수가 잠시 기다리자, 그제야 엉덩이를 떼고 말했다.

"담낭암일 줄은 몰랐다."

"⋯⋯."

"⋯어려운 부탁을 하게 돼서 미안하구나."

생존 확률이 낮은 수술을 한다는 것은 누구나 망설여지는 일이었다.

커리어에 악영향을 받을 수도 있고, 환자를 잃는 순간 느끼는 고통을 짊어져야 한다는 뜻이니.

특히 그 대상이 친분 있는 지인이라면 더더욱 힘들 수밖에 없다.

그럼에도 김광석은 부탁했고.

도수는 수락했다.

"여러 번 보셔서 아시겠지만 전 포기하지 않습니다. 아직 안 끝났어요."

"…그렇지."

"수술은 성공할 겁니다."

"그게……."

김광석은 목이 막히는지 기침을 뱉고 물었다.

"너라면 내 아내를… 해리 엄마를 완치시켜 줄 수 있겠지? 남들은 다 안 되도 넌 할 수 있을 거야."

"……."

"제발, 부탁하마."

진료실 문을 열기 직전.

김광석이 도수의 어깨를 짚으며 고개를 숙였다.

"애 엄마한테 미안한 게 너무 많아. 해주고 싶은 것도 너무 많다. 부탁하마. 애 엄마를 살려줘."

"네."

도수가 문고리를 돌리고 말했다.

"해리한테 약한 모습 보이시면 안 돼요."

김광석은 고개를 주억거렸다.

그도, 도수도 수많은 환자를 수술해 온 의사이기에 알고 있었다.

보호자를 대할 땐 어떻게 해야 하는지.

그러나 본인 일이 되니 쉽지 않은 것이다.

더구나.

'제발.'

간담췌 분야를 전공했던 김광석은 대장으로의 침윤이 진행된 담낭암 수술이 얼마나 어려운지 알고 있었다.

완치가 얼마나 힘든지도.

이런 큰수술일수록 결과가 의사 실력에만 달려 있지 않았다.

운도 필요하고 기적도 필요했다

어떤 써전이라도 모든 변수와 악운에 대응할 순 없는 것이다.

이건 도수라 해도 마찬가지였다.

물론, 정작 도수는 흔들림 없는 눈으로 김광석을 마주봤다.

피하긴 커녕 확고한 어조로 말했다.

"교수님은 지금 의사가 아니라 환자 보호자십니다. 의사를 믿어야 돼요. 지금은 해리한테 집중하시고 아주머니는 제게 맡기세요."

그는 자신을 믿었다.

그리고 환자를 믿었다.

포기하는 것과 포기하지 않는 것의 차이.

그 간극이 어떤 기적을 이뤄줄 수 있는지 여러 차례 봐왔기에, 그는 결코 단념하지 않았다.

그제야 한숨을 내쉰 김광석이 고개를 끄덕였다.

"고맙다."

그는 해리에게 다가갔다.

소식을 전하는 건 그의 몫.

발걸음은 여전히 무거워 보였으나 진료실에서 잃었던 평정심은 어느 정도 돌아온 듯했다.

제11장

도수의 존재감

도수가 보통 사람들과 다른 점은 '투시력'에 국한되지 않았다.

그가 정규적인 교육과정을 거치지 않고도 라크리마에서 수많은 이들을 살릴 수 있었던 건 타고난 수술 감각 때문만이 아니었다. 그 기저에는 환자의 환부(患部)만 봐도 어떤 방식으로 수술할지 그려지는 천재성이 있었다.

아니, 단순히 '천재적'이란 말로 설명할 수 있을까? 어쩌면 투시력보다도 더 초월적인 능력이라 할 수 있었다.

그래서 라크리마에서 김광석이 물었을 때, 그는 외과수술을 운동화 끈 묶는 것에 비유했다. 마치 풀린 운동화 끈 묶듯,

따로 공부하지 않아도 문제의 근원을 찾아서 제거하고 다양한 수술을 전개했던 것이다.

그러나 의대에서 배우는 공부를 독학으로 마친 후 국시까지 치르고 의사가 된 그는 라크리마에서처럼 쉽게 머릿속에 떠오른 수술법을 확신하지 않았다.

그가 아무리 천재적이고 초월적인 능력을 가졌다 한들 수십, 수백 년간의 연구를 통해 개발된 현대 의학을 무시할 순 없었기 때문이다.

사라락.

도수는 책장을 넘겼다.

지금 그가 의국에 앉아 보고 있는 책은 '담낭절제술'에 관한 내용을 담고 있었다. 이 다음은 결장, 충수, 직장 절제술을 공부해야 했다.

담낭의 암이 '대장'이라고 통칭하는 결장, 충수, 직장까지 골고루 퍼졌기 때문이다.

이렇듯 다양한 수술 사례들을 찾아보다 보면 도수는 다른 사람보다 한발 더 나아갈 수 있었다. 환부만 보고도 수술법을 떠올리는 그였으니, 남들은 해내지 못하는 범주까지 생각해 내는 것이다.

그 순간.

의국 문을 열고 들어온 강미소가 책 커버로 눈길을 던지며 물었다.

"김 교수님 사모님 수술이요?"

도수는 고개를 끄덕였다.

"들어와요."

"예?"

강미소가 눈을 동그랗게 떴다. 담낭암 수술이니 당연히 간담췌 외과에서 지원을 받으리라 여겼던 것이다.

도수가 말했다.

"지원은 없을 겁니다. 우리 선에서 해결해야 해요. 조근현 교수님과 강 선생이 들어와야겠습니다."

"아……."

강미소가 미간을 찌푸렸다.

"간담췌 외과에서 지원을 못 해주겠다고 한 거예요?"

"아직이지만, 아마도."

"왜죠?"

"우리 센터가 독립적이라 우리 쪽으로 들어온 환자를 직접 수술한다고 하면 그쪽에서도 손을 못 대요. 반대로 말하면 우리가 지원 요청을 해도 거절할 명분이 있다는 겁니다."

"그럼 간담췌 외과에 맡기시는 게… 사실 그쪽 분야잖아요."

"김광석 교수님이 직접 부탁하신 겁니다."

"김 교수님 마음이야 이해가 가지만 센터장님한테도 똑같이 부담일 텐데. 잘 아시는 분이잖아요."

"간담췌 외과에선 수술을 단념할 거예요."

"…하긴."

강미소도 CT 사진을 봤다. 담낭암 자체도 예후가 나쁜 편인데 다른 장기로의 침윤까지. 만약 그녀였어도 칼을 대긴 늦었다고 판단했을 터였다.

하지만 도수는 달랐다.

"어차피 일반적인 방법으로는 수술을 성공시키기 어렵습니다. 완치시키려면 암세포를 모두 도려내야 하는데 어디부터 어디까지인지 파악하지 못할 거예요."

암이 많이 진행됐을 경우 수술을 포기하는 대다수의 이유가 절제 범위가 너무 커질 것 같아서다. 생존에 중요한 장기는 아주 들어낼 수 없기 때문에 일정 선까지만 절제할 수 있는데, 임숙영의 경우에는 너무 많은 부분을 절제해야 하는 상황이었다.

강미소가 고개를 갸웃했다.

"그럼 센터장님은요?"

"방법을 찾아야죠."

도수는 그렇게 일단락 지었다.

사실 그전까지 암수술의 경우 두시럭으로 성확히 구분해서 암이 퍼진 부분만 아슬아슬하게 도려냈다. 딱 생존할 수 있는 만큼만 남겨놓고.

하나 이번에는 그마저도 힘들었다. 암이 퍼진 부위가 너무 광범위하기 때문이다.

'죽은 심장도 살렸다. 방법이 있을 거야.'

도수는 실낱같은 희망을 붙잡고 매달렸다.

다른 환자였다면 그 역시 수술을 망설였겠지만, 임숙영을 수술 한번 해보지 못하고 보내는 건 너무 허무한 결말이었다.

조용한 암살자처럼 그녀에게 다가와 죽음을 안겨주려는 담낭암. 도수는 결코 병마(病魔)의 뜻대로 그녀의 목숨을 내어줄 수 없었다.

*   *   *

한편, 도수와 몇 차례 수술을 해온 마취과 전문의 정현진은 고뇌에 빠져 있었다.

"줄과 백인가, 충동인가. 그것이 문제로다⋯⋯."

미친 사람처럼 중얼거리는 그에게 다가온 마취과 과장이 물었다.

"뭔데 그래?"

차기 마취과 과장으로 눈여겨보고 있는 제자이기에 그의 관심은 지대했다.

고개를 들어 그를 빤히 응시한 정현진이 대답했다.

"뭐긴요. 이도수 센터장 일이죠."

"레지던트 보내. 피곤해진다."

"······."

정현진은 마취과 과장에게서 눈을 떼지 않았다. 대답도 안 했다. 그를 마주 보던 마취과 과장이 미간을 찌푸렸다.

"아, 왜?"

"큰수술이에요."

"언젠 작았냐? 알아서 잘하겠지."

"대충 말씀하시는 거죠?"

"차기 마취과 과장 후보가 매번 손 맞추는 다른 과 과장이며 교수들한테 찍혀서 좋을 게 뭐 있어? 이도수 센터장도 이해해 줄 거야."

"교수님은 아시잖아요. 이도수 센터장이 얼마나 대단한지."

마취과는 외과와 더불어 수술에 가장 근접한 과 중 하나였다. 오히려 수술실에 들어간 경험만으로 치면 웬만한 외과의도 마취과를 따라오지 못할 터였다.

그런 마취과를 이끄는 수장인 마취과 과장은 이도수의 수술 실력에 대한 동경이 있었지만 그런 감정이 제자의 미래보다 중요치는 않았다.

"그럼 내가 들어가는 걸로 하자."

"그럴 거였음 과장님한테 부닥드렸겠죠. 마취과의 나그호스인 제가 들어가고 싶으니 문제입니다."

"그래, 큰 문제다."

"안 되겠어요."

고개를 절레절레 저은 정현진이 말을 이었다.

"저, 들어갑니다."

"기어코 일을 내는구나."

"교수님이 입버릇처럼 말씀하셨잖아요? 의사는 환자를 최우선으로 생각해야 된다. 특히 마취과는 더더욱."

"그래서 내가 들어간다니까. 넌 틀렸어. 환자를 생각하는 데에 사심이 들어갔잖아?"

"욕심나는 데 어떻게 해요. 평생 한 번 있을까 말까 한 수술 아닙니까? 다 끝났다고 하는데 이도수 센터장은 한번 부활시켜 보겠다고 하는 거잖아요."

"그 열정, 부럽다."

마취과 과장도 말은 그렇게 했지만 제자에게 이번 기회를 주고 싶었다. 마취과의로서 한 단계 도약할 수 있는 계기가 될 만한 수술이었기 때문이다.

그는 제자를 일별하곤 자리에서 일어났다.

"큰수술이 될 테니 수술 준비 잘하고. 난 과장 회의 간다."

"부탁드려요, 교수님."

정현진이 씨익 웃었다.

이번 수술에 참여하기로 결정한 이상, 마취과 과장이 얼마나 다른 과장들한테 시달릴지는 안 봐도 불 보듯 빤했다.

*   *   *

잠시 후.

회의실에 모인 과장들을 둘러본 병원장이 입을 열었다.

"김광석 교수 아내가 담낭암이라고?"

"예."

간담췌외과 과장이 말을 이었다.

"벌써 대장까지 암세포가 퍼진 상태입니다. 한데 이도수 센터장은 이 수술을 하겠다는군요."

비꼰 그가 양옆을 보며 동의를 구했다.

그러자 신경외과 과장이 힘을 실어주었다.

"힘든 수술이죠?"

"뇌사 환자를 수술하는 것과 비슷하다고 보면 됩니다."

"…병원장님. 정말 이대로 두고 보실 겁니까? 간담췌외과에서 이런 의견을 낼 정도면 수술은 하나 마나일 겁니다. 아무리 이도수 선생이더라도요."

'센터장'이 아닌 '선생'이라고 호칭하는 것만 봐도 그가 도수에게 가진 반감을 알 수 있었다.

그러나 병원장은 왈가왈부하지 않았다.

"흠……."

간담췌외과 과장이 다시 입을 열었다.

"그동안 저희는 이도수 센터장의 직권을 존중했습니다. 하지만 이번만큼은 아닙니다. 이건 이도수 센터장뿐만 아니라 병원의 위신이 걸린 일이에요. 암이 이 정도까지 진행된 환자를 수술했다는 게 알려지면 나머지 과에선 뭘 했냐는 비난이 나올 겁니다."

"김 교수가 보호자 자격으로 부탁했다고 들었는데."

"이성을 잃은 거겠죠. 아내 일이지 않습니까?"

"……."

병원장은 말없이 고개를 돌렸다.

그곳에는 이사장이 침묵하고 있었다.

신경외과 과장이 재차 입을 뗐다.

"이사장님, 그리고 병원장님. 이번 수술을 하게 두면 안 됩니다. 마취과와 병원 측에서 협조하지 않고 정식으로 이의를 제기하면 이도수 센터장도 받아들일 수밖에 없을 거예요. 김 광석 교수도 결국 이 수술이 섣부른 선택이었다는 걸 인정할 겁니다."

병원장은 어떤 말도 첨언하지 않고 이사장을 응시했다. 아직 결과가 나온 일도 아닌 데다 자신의 전문 분야도 아니었기에 한발 뺀 입장을 고수하는 것이다.

그러나 이때 입을 연 건 이사장이 아닌 마취과 과장이었다.

"제 생각은 조금 다릅니다."

과장들의 따가운 시선이 쏟아졌다.

그럼에도 마취과 과장은 꿋꿋이 의견을 개진했다.

"이도수 센터장은 이미 여러 번 '불가능하다'고 판단된 수술을 성공으로 이끌었습니다. 아로대병원에서도, 우리 병원에서도요. 이런 써전한테 결정을 번복하라고 강요하는 건 이치에 맞지 않습니다."

모두가 눈을 부라렸지만.

또 한 명이 고개를 주억거렸다.

바로 내과 과장이었다.

"이도수 센터장은 신경외과, 내과에서도 찾지 못한 촌충을 찾아내 환자를 치료한 적도 있습니다. 나이나 경력을 떠나 그의 의학적 해박함은 우리 중 누구도 따라가기 힘들단 뜻입니다."

"아니……."

신경외과 과장이 토를 달고.

간담췌외과 과장이 덧붙였다.

"두 분은 이도수 센터장과 공통 분야가 아니라 그렇게 생각하실 수 있겠지만 우린 다릅니다. 현대의 의학적 상식은 이도수 선생이 제 마음대로 뒤집을 수 있을 정도로 얕고 허술하지 않아요. 아실 만한 분들이……."

그 순간.

잠자코 기다리던 이사장의 입이 열렸다.

"그만."

간담췌외과 과장이 아니라 병원장이라도 입을 닫을 수밖에 없는 인물의 개입.

이사장은 천천히 말을 이었다.

"두 쪽 다 일리가 있는 의견이네. 그렇다면 좀 더 근본적으로 접근해 보자고. '의사가 환자를 치료할 수 있다고 했는데, 이걸 막는 게 옳은 일인가'에 대해서."

"하지만……."

"지금껏 도전이 없었다면 의학도 아무런 발전이 없었겠지. 안 그런가?"

"환자 목숨을 걸고 도박을 할 수는 없습니다."

신경외과 과장이 토를 달자 이사장이 되물었다.

"자네들 말에 의하면 어차피 환자는 남은 시간이 별로 없네."

"……."

"이도수 센터장은 생체실험을 하겠다는 게 아니야. 외과적 치료를 해보겠다는 것뿐."

그에 간담췌외과 과장이 이견을 냈다.

"이도수 센터장도, 김광석 교수도 환자의 지인이거나 가족입니다. 이성적인 판단보단 감정적인 판단이 앞설 수밖에 없습니다. 친분이 있는 관계에서 환자를 수술하는 건 우리 병원 방침에도 맞지 않습니다."

"그건 동의하네."

고개를 끄덕인 이사장이 덧붙였다.

"하지만 이도수 센터장과 김광석 교수는 응급외상센터 소속이야."

"응급외상센터도 우리 병원 소속 아닙니까?"

신경외과 과장의 말에 이사장이 대답했다.

"소속은 맞지만 내 직권으로 운영되는 곳이지."

"그렇다 하더라도 원내 질서를 허물 순 없습니다."

"주위를 돌아봐."

"……?"

신경외과 과장이 반사적으로 주변을 둘러보며 의아한 표정을 짓자.

이사장이 말했다.

"이도수 센터장은 과장과 동일한 업무를 수행하지만 과장 회의에는 참석할 수 없네. 왜 그런지 아나?"

"……"

"우리 병원 소속이지만 내 직권에 의해 운영되는 단체의 수장이기 때문이야. 이건 레지던트한테 센터장 직책을 주면서 부를 때 이미 결정된 사안이네. 그렇지?"

"…그렇습니다."

"그리고 가장 중요한 것. 이 병원은 재단의 자산으로 운영되고 있지만 응급외상센터는 내 사비로 운영되고 있는 곳일세. 아, 얼마 전 오성그룹 임옥순 여사가 개인적인 기부금을 냈으니 그것도 뺄 수 없겠군."

"……!"

과장들이 눈을 치켜떴다.

응급외상센터가 이사장 사비로 운영되고 있다는 것도, 임옥순 여사에게 따로 기부금을 받았다는 것도 처음 듣는 일이었던 것이다.

빙그레 미소 지은 이사장이 물었다.

"자네들에게 묻고 싶군. 진정으로 수술을 반대한 이유가 오직 환자의 안위 때문인지, 아니면 이도수 센터장에 대한 사감 때문인지."

"이, 이사장님……!"

신경외과 과장이 모욕감에 일그러진 표정을 하고 말했다.

"전 이 병원에서 평생 근무했습니다. 이런 제가 재능 있는 후학의 앞길을 막을 리가요."

"물론 그렇진 않겠지. 그리 소심한 인물이었다면 지금껏 천하대병원 과장 자리를 지키고 있을 리 없을 테니까."

"……."

신경외과 과장은 구겨진 얼굴로 입을 닫았다.

상황을 간단히 정리한 이사장이 내과 과장과 마취과 과장을 일별하며 말을 이었다.

"마취과에서도 수술을 동의한 것 같으니, 수술을 진행하는 데에는 아무 문제가 없겠구먼."

"그렇습니다. 저희 쪽은 이미 정현진 선생이 수술에 들어가기로 한 상태입니다."

마취과 과장의 말에 고개를 끄덕인 이사장이 모두를 보며 결론을 냈다.

"그럼 이 건은 이도수 센터장이 수술에 성공하길 기도하자고."

"알겠습니다."

병원장까지 대답하자.

더 이상 반대표를 내는 인물은 없었다.

그들을 응시하던 이사장은 내심 미소를 머금었다.

'내 생각보단… 네 편을 많이 만들어뒀구나.'

만약 마취과 과장이며 내과 과장이 도수의 수술에 동의해 주지 않았다면 이사장 입장에서도 쉽게 결론을 끌어내지 못했을 터였다.

절반은 이사장이 힘을 실었지만.

나머지 절반은 오롯이 도수의 실력이 만들어낸 결과였다.

그리고 이제, 그 실력을 확인할 차례였다.

제12장
도수의 영역

    담낭암 수술은 그 자체로 어려운 수술이었다. 오죽하면 조기 위암보다 심한 담석 담낭염 수술이 더 어렵다고들 했다.

    그러나 도수는 충분한 자신감을 갖고 수술실에 들어갔다. 자신감이 있다고 해서 교만했던 건 아니다. 그는 신중하게 눈을 빛내고 있었다.

    "안녕하십니까."

    의료진의 인사를 받으며 환자 앞에 선 도수는 조근현 교수와 마취과 정현진 교수에게 목 인사를 했다.

    "잘 부탁드립니다."

    마음 같아선 손을 맞잡고 몇 번이나 청하고 싶을 정도로 간절했다.

환자는 다른 누구도 아닌 임숙영.

김광석의 아내이자, 도수에게는 신세를 졌던 은인이었다.

지금 그녀를 살린다면 보은이 되겠지만 수술에 실패할 경우 당사자에게 은혜를 갚을 기회마저 사라진다.

'도와주세요.'

속으로 얘기한 도수가 바이털로 눈을 돌렸다.

"몇 차례 고비가 올 수도 있습니다."

정현진이 고개를 끄덕였다.

"여긴 제 구역입니다. 저한테 맡기세요."

믿음이 갔다.

도수가 입을 열었다.

"칼."

메스가 강미소의 손에서 도수의 손으로 넘어왔다. 강미소는 긴장한 기색이 역력했다. 얼마나 어려운 수술인지 이 자리의 모두가 알고 있었다.

"개복합니다."

그는 칼날을 임숙영의 복부로 가져갔다.

"……"

살을 가르고 배를 열어야 할 차례.

왜 '지인이나 가족의 수술을 하지 말라'고 하는지 알 수 있었다.

망설임.

이 찰나의 망설임이 환자의 생사를 가를 수 있다.

그러나 지금 다른 점은 이 수술을 할 수 있는 사람이 도수 뿐이라는 것이다.

해야 했다.

해야만 하지만, 망설이면 안 되는 건 도수도 마찬가지였다.

그렇다면.

'환자다.'

눈을 감고 단정 지은 도수가 눈을 떴다. 그녀의 얼굴을 외면한 채, 그는 손을 움직였다.

스으으으윽.

마침내.

도수가 복부 오른편을 배꼽 아래부터 골반까지 길게 절제했다.

처음부터 일반적인 절개법과 달랐다.

담낭절제술은 명치 쪽부터 오른쪽 옆구리 위까지 사선으로, 충수절제술 시에는 오른쪽 아랫배를 반대쪽 사선으로, 결장우반절제술을 할 땐 오른쪽 배를 수직으로 가르는 게 일반적이기 때문이다.

'다행이야.'

암의 침윤 범위가 우반을 벗어나지 않았기에 최소한의 부위를 가장 효율적인 방법으로 절개할 수 있었다.

중앙이나 좌측까지 침윤됐다면 수술은 더 어려워졌을 것이다.

도수의 긍정적인 생각과 달리, 이를 본 조근현 교수가 물었다.

"담낭절제 때 시야 확보가 어려울 것 같은데."

물론 일반적인 경우라면 그렇다.

수술 중 다시 절제하긴 어려우니 당연한 지적이었다.

하지만 도수에게는 남들이 볼 수 없는 범위까지 파고들 수 있는 투시력이란 무기가 있었다.

"이 정도면 볼 수 있습니다. 보비."

조근현 교수는 토를 달지 않고 절개 부위를 고정시켰다. 어차피 이 수술은 그가 알고 있는 상식 밖의 수술. 과정을 이끌고 결과를 책임져야 하는 것 모두 도수의 몫이었다.

턱.

보비를 받은 도수는 복막을 자르고 들어갔다.

치이이이이익.

막이 타들어가며 역겨운 냄새가 올라왔다.

평소보다 더 오감이 예민해지는 건 이 환자가 '임숙영'이기 때문이겠지만, 도수는 계속 의식적으로 의식하지 않으려 했다.

"배 열렸습니다."

강미소의 한마디가 수술이 시작됐음을 알렸다.

조근현이 개창기와 늑골 견인기를 걸어 수술 부위를 확보했다.

"쿠퍼 가위."

도수는 담낭과 횡행결장 사이를 잘랐다.

서걱, 석······.

"보비."

이번엔 대망(Greater Omentum: 위의 아랫 부분부터 전복벽 안으로 쳐져 있는 넓은 막)과 간 사이를 절제했다.

내려다보고 있던 조근현의 눈빛에 이채가 감돌았다.

'딱 좋군.'

간에 너무 가까우면 간피막이 벗겨져 실질로부터 적지 않은 출혈이 일어날 수 있었다. 그런데 도수는 좁은 시야 속에서도 간피막을 전혀 건드리지 않고 대망과 간 사이를 박리했다.

조근현은 간 하부면 전체가 보이도록 십이지장과 우결장만곡을 하부로 당겼다. 그리고 그 손 위로 미큘리츠 거즈를 씌우듯이 올려두고 긴 겸자로 모든 면에 빈틈없이 거즈를 깔았다. 장이 나오지 않도록 보조하는 요령이 제법 좋았다.

'역시.'

도수 역시 눈을 반짝였다. 아무래도 사람을 제대로 데리고 들어온 것 같았다.

굳이 말하지 않아도 레지던트나 일반 전문의는 하기 힘든 역할까지 해주고 있었다.

"클램프, 켈리."

도수는 강미소에게 집게와 가위를 받아 들고 투시력을 사용했다.

샤아아아아아아아아.

보통 보비를 사용하지만 도수는 그러지 않았다. 투시력으로 봤을 때, 겸자와 보비가 들어갈 틈이 보이지 않았기 때문에 가위로 얇게 돌진한 것이다.

가위를 담낭 쪽에 붙여 진격했다. 가위 날이 담낭관 뒤 장막까지 절제하고 들어갔다.

그러자 아주 미세하게 담낭관 주위를 둘러싸는 결합조직이 보였다.

"보비, 클램프."

도구를 바꿔 든 도수가 결합조직을 잘라냈다.

"켈리."

그의 손이 점점 빨라졌다. 투시력을 이용해 결합조직뿐만 아니라 담낭동맥까지 단박에 찾아냈다. 인대처럼 질긴 동맥을 실로 묶은 도수는 결찰절제(실로 묶고 자르는 것)를 했다.

서걱.

너무 빠른 진행 속도에 조근현은 침음을 삼켰다.

'헛갈리지도 않는군.'

담낭동맥은 자칫 우간동맥과 헛갈리는 경우가 있어서 조심스러울 수밖에 없다. 그럼에도 도수는 아주 작은 찰나의 망설임도 없었다.

투시력을 쓰기 때문이지만, 조근현의 눈에는 수술 과정만 보일 뿐 투시력은 보이지 않았다.

'언제 봐도 로봇처럼 수술한단 말이야.'

아직도 이해가 안 가는 부분이었다.

조근현이 눈알을 굴리자, 마취과의 정현진 역시 넋이 나간 채 수술 과정을 바라보고 있었다. 그 역시 같은 의미로 납득하지 못하는 것 같았다.

그사이에도 도수는 멈추지 않고 수술을 이어갔다.

"박리겸자."

담낭관 주위를 모두 박리한 도수는 칼롯삼각의 함몰부로 박리겸자를 밀어 넣었다. 마치 수술 과정 전체를 아우르듯 거침없는 진행이었다.

'기가 막히는군……!'

조근현은 마스크 안으로 입을 벌렸다. 칼롯삼각의 함몰부로 들어갈 땐 겸자의 끝부분을 왼손 검지로 가이드 하며 가장 얇은 부위를 찾아야 한다. 속도는 늦춰져도 부드럽게 진행하기 위해서다. 그러나 도수는 촉감으로 만져보지도 않고 거침없이 겸자를 찔렀다. 여기서 놀라운 것은, 생각 없이 푹 찌른 것 같은데 암반처럼 딱딱하고 비후한 칼롯삼각 중 정확히 얇은 부위를 파고들었다는 것이다.

'어떻게 되먹은 인간이야?'

디테일 하나하나가 일반적인 써전의 수술과 달랐다. 작은 행동의 차이가 쌓여 차원이 다르게 보였다. 굳이 비유하자면 고스톱을 칠 때 패를 내는 것만 보고도 꾼인지 호구인지 알 수 있는 것과 같았다.

그런 의미에서 도수는 '꾼'이었다. 그냥 꾼도 아닌 귀신이었다. 상대 패를 훤히 보고 게임을 한다는 착각이 들 정도로.

"혈관 테이프 걸쳐주세요."

도수의 말에 조근현이 퍼뜩 깨어났다. 그는 담낭관에 혈관 테이프를 걸쳤다. 그래도 수술 순서는 안 빼먹고 가져가는구나 생각한 조근현이 보비를 들었다.

그때 이미 도수는 담낭 정부의 장막에 소절개를 한 후였다. 그가 박리겸자를 장막하층에 넣어 남은 장막을 건져 올리자.

조근현이 보비로 장막을 잘랐다.

엎치락뒤치락하는 호흡이 찰떡처럼 맞아떨어지니 수술 진도는 빠를 수밖에 없었다.

순식간에 사방의 장막을 깨끗하게 절개했고.

이를 계기로 도수는 점점 더 속도를 붙였다.

"클램프."

턱.

"켈리."

석, 서걱.

도수가 수술을 진행하는 사이 조근현 역시 거들었다.

"보비."

강미소의 손도 빨라졌다.

"펌핑 견인기."

척……

처음에는 도수 한 명이었다. 그가 눈부신 속도로 수술했다. 그러자 조근현 교수가 바짝 따라붙었다. 당연히 두 사람에게 적절한 도구를 전달해야 하는 강미소의 손도 빨라질 수밖에 없었다.

주르륵.

뺨을 타고 땀이 흘렀다.

'이렇게 힘든 거였어?'

그녀는 전문의를 앞둔 레지던트 3년 차다. 그런 그녀가 수술 도구를 건네는 일만으로 '벅차다'는 느낌을 받고 있었다. 이건 그녀가 어리숙한 게 아닌, 두 써전의 호흡이 너무 빠른 것이다.

'어리광 부리는 건 내 스타일 아니지.'

강미소는 입술을 깨물고 더 속도를 올렸다. 두 써전이 기다리지 않도록. '빨리!'라는 외침이 터져 나오지 않도록 머리를 굴리며 손을 놀렸다.

치이이이이익.

어느새 도수의 손으로 옮겨 간 보비는 담낭 상부에 인접한

간 실질을 기가 막히게 피해가고 있었다. 자칫 실수로라도 건들면 중간 정맥이 터져서 예기치 못한 대출혈을 볼 수 있음에도 빠르고, 정확하게 움직였다.

'신기(神技)… 신기다.'

그렇게밖에 표현할 도리가 없었다.

수술자에게는 항시 미세한 망설임은 있을 수밖에 없다. 이 경우에도 간 실질을 건드리거나 간을 피하다 노란 담즙이 나오진 않을지 조심스러워야 하는 게 당연하다.

그럼에도 도수의 손길은 '자칫', 혹은 '만약'이란 단어가 없는 사람처럼 거침없었다.

치이익.

담낭 표면의 점막을 보비로 태워둔 도수가 말했다.

"가위. 3-0 바이크릴."

도수는 담낭 주위에 남은 여분의 결합조직을 절제한 뒤, 담낭관의 총담관 쪽을 실로 묶어 결찰절제 했다.

투둑.

암이 침투한 담낭이 완전히 잘려져 나왔다.

보통 같으면 수술이 끝난 뒤 간 상부를 확인해야 하지만 지금은 출혈도, 지혈도 없었다. 심지어 담즙 누출도 없었다.

담낭을 떼어냈는데도 원래 쓸개가 없는 사람의 배 속처럼 깨끗했다.

"후……."

조근현은 감탄을 한숨으로 대신하며 시계를 확인했다. 수술실에 들어오는 순간까지도 이번 수술이 힘들 거라고 여겼던 그이지만. 분명 그리 여겼던 그인데, 기대감이 불씨처럼 피어오르고 있었다.

'어쩌면······.'

암이 침윤된 부분을 모조리 절제하고 환자를 살려낼 수 있지 않을까, 하는 조금은 공상과도 같은 상상이 들었던 것이다.

반면 도수는 긴장을 늦추지 않았다. 이미 수술 전부터 오늘 할 수술의 과정을 모조리 머릿속에 그려놓고 들어온 그는 신경을 팔 새가 없었다. 수술 시간은 수술 결과와도 밀접했다. 수술이 계속되는 한, 어찌 됐든 환자의 몸은 계속해 대미지를 받기 때문이다.

도수가 말했다.

"이리게이션은 필요 없을 것 같습니다."

담즙도, 출혈도 없었으니 그럴밖에.

그가 거즈를 제거하며 덧붙였다.

"팔 밀리 더플 드레인(8mm Duple Drain: 튜브의 일종) 삽입해주세요. 다음 결장, 충수, 직장 순으로 수술합니다."

아직 갈 길이 한참 남았다는 뜻이다.

도수가 결장을 살피는 사이 조근현 교수는 담낭에 튜브를 연결했다.

"센터장님."

그가 말을 시키자 도수가 눈을 들었다.

이내 조근현 교수가 말을 이었다.

"전 결장, 충수, 직장이 전부 다 제대로 눈에 들어오지도 않습니다."

당연했다.

집도의 위치에서도 모든 장기들이 명확히 보이진 않았다. 도수가 투시력이 없었다면 이 정도 범위만 절개한 채 세 가지 수술을 하는 건 힘들었을 터였다.

도수가 무어라 대답하기 전에 조근현이 말을 이었다.

"…그래도 최선을 다해 돕겠습니다. 나도 미친 건지 이 환자… 완치시킬 수 있을 것 같아요."

무수한 수술을 하다 보면 그럴 때가 있다. 죽음의 문턱까지 다가간 환자도 살려낼 수 있을 것 같을 때가. 손놀림은 기름칠을 한 듯 부드러워지고 심장에 불이 붙으며 머릿속은 동결된 듯 차갑게 가라앉는 동시에 시야는 선명해지는 그런 순간이 온다. 말하자면 일종의 각성 상태라 할 수 있다.

수술에 집중하다 보면 일일이 기억할 수 없을 만큼 간혹 찾아오는 이 순간이, 조근현에게는 바로 지금 찾아왔다. 놀랍게도 도수와 손발을 맞추며 도수의 영역으로 빨려 들어간 것이다.

도수는 느끼지 못하지만, 그는 수술에 참여하는 모든 순간이 써전으로서의 각성 상태였다.

그건 지금도 마찬가지였다.

그가 어떤 환자라도 포기하지 않고 끝까지 최선을 다할 수 있는 이유도 여기 있었다.

"할 수 있습니다."

도수는 결장을 보며 손을 뻗었다.

"클램프, 보비."

괜스레.

도구를 건네는 손에 힘이 들어가는 강미소였다.

제13장
진보된 수술법

보비와 클램프를 든 도수의 눈이 빛났다.

샤아아아아아아.

이어갈 수술은 결장우반절제술.

표준 수술 시간이 두 시간쯤 걸리는 수술이었다.

문제는 박리 등급 5등급의 암이라는 것.

'젠장,'

도수는 침음을 삼켰다.

5등급이라는 건 이미 간문부의 넓은 범위에 침윤된 담암이
란 뜻이다.

쉽게 말해 어떠한 달인이라도 쉽게 손대기 힘든 상황이란

의미.

그러나 도수에게 이 수술은 선택이 아니었다.

반드시 성공해야만 하는 수술인 것이다.

'어디서부터 어떻게 진입해야 하지?'

어떤 상황에도 평정심을 잃지 않고 대담하게 척척 수술을 진행해 가던 도수마저 잠시 손을 멈출 정도로 난해했다.

하나.

고민은 길지 않았다.

"…시작합니다."

짤막하게 뱉은 도수는 몽크스 화이트 라인(Monk's White Line: 맹장 외측에서 후복막과 장측복막의 경계)을 확인한 뒤 맹장 쪽을 보비로 절개했다.

치이이이이이익.

다음 맹장하연을 돌아 회장으로부터 삼 센티의 거리를 두고 소장간막근을 다시 절개했다.

치이이이.

그의 손이 능숙하게 움직였다.

소장을 좌복강으로 떨어뜨린 채 횡행결장을 들어 올려 간막을 펼쳤다.

"켈리."

가위를 받은 도수는 결장동맥의 좌측을 상행한 뒤 중결장 동정맥의 우측을 따라 복막을 절개했다.

귀신같이 혈관을 피하는 그.

'진짜 미쳤나 봐.'

강미소는 고개를 절레절레 저었다. 담낭절제술은 애초에 처음 봤으니 얼마나 놀라운 건지 분간하기 힘들었지만 결장절제는 몇 차례 본 적이 있었다. 그녀의 경험상, 이처럼 무 자르듯 쉽게 장기 사이를 넘나들며 절제하는 써전은 처음 봤다.

하지만 그녀가 본 건 시작에 불과했다.

한 손에는 집게를, 한 손에는 가위를 든 도수는 귀신같이 회결장동정맥의 근부를 처리했다.

"보비."

신경다발도 뚝딱 태워서 절제해 버렸다.

"정맥 자릅니다."

실로 묶고, 간단히 결찰절제 했다.

그야말로 순식간이었다.

'말도 안 돼.'

강미소는 멍하니 입을 벌렸다.

중결장동맥(MCA), 우결장동맥(RCA), 회결장동맥(ICA), 상장간막정맥(SMV)이 혼잡하게 엉켜 있는 장간막 심부에서 가위를 놀리는 건 그리 간단한 작업이 아니었다.

특히 상장간정맥은 써지컬 트렁크(Surgical Trunk)라고 불릴 만큼 중요한 정맥관이다. 조금이라도 손상되면 수복이 어려운 데다 생명과 직결될 수 있는 정맥인 셈이다.

그렇게 중요한 정맥과 동맥이 뒤엉킨 곳을 집게와 가위로 헤집는다?

말이 쉽지, 도수처럼 쉽고 빠르게 움직일 순 없다.

"이제 장간막 박리합니다."

혈관 처리를 번갯불에 콩 굽듯 끝낸 도수가 절개한 복막의 가장자리를 겸자로 말아 올렸다. 그러자 소성결합조직이 당겨지며 풀솜과 같은 장간막의 기초부가 나타났다.

근막을 찢고 아래쪽으로 진입한 도수는 들어갔던 경로를 따라 장간막을 박리했다.

"보비."

턱.

치이이이이익.

능수능란한 손길을 따라 박리가 진행됐다.

이를 지켜보던 조근현 교수는 눈을 부릅떴다. 한순간이라도 놓치기 아깝다는 듯 눈을 깜빡이지도 못했다.

'물 흐르듯 부드럽다.'

그랬다.

도수가 보여주는 일련의 과정들이 교묘하게 연계되며 점차 결장을 절제할 환경을 만들었다.

저걱, 저걱.

조근현 교수는 도수가 만드는 템포를 따라가는 것만도 숨이 찼다.

혈관을 묶고 자르고 결장의 고정부를 절제해 가며 수술하는 도수.

그 동선에 막힘이 없도록 장간막과 결장을 당기고 만져줘야 하는 것이다.

마치 마라톤을 전속력으로 주파하듯 숨 가쁘리만치 손발을 맞춘 결과.

장간막과 혈관은 모두 다듬어져 장관을 절제하기 위한 최적의 환경이 조성됐다.

그리고 마침내.

도수가 말했다.

"칼."

턱.

메스를 든 도수는 장겸자와 단겸자를 약간 떨어뜨려 양쪽에 걸고, 그 사이를 절제했다.

서걱, 석.

장관이 잘려 나가고.

"타이."

땡그랑.

메스를 내려놓은 도수가 클램프로 실과 바늘을 집은 채 회장과 횡행결장을 문합했다.

슥, 스윽.

"리니어 스템플러(linear Stapler: 절제와 봉합을 동시에 해주는 의료 도구)."

딸각, 딸각⋯⋯.

리니어 스템플러를 이용해 결장과 회장을 잘라 버린 도수는 장간막 반대쪽에 구멍을 뚫고 새로운 리니어 스템플러를 삽입했다.

딸각, 딸각, 딸각.

V자 형의 문합부를 만든 그가 잘린 장관의 단면부에 세 가닥 실을 걸고 들어 올린 후 다시 리니어 스템플러로 집어 봉합했다.

이로써 암이 침윤한 부위를 완전히 절제한 셈이다.

샤아아아아아아아아.

투시력을 쓰며 다시 한번 확인한 도수가 말했다.

"팔 밀리 더플 드레인 삽입해 주세요."

고개를 끄덕인 조근현이 시계를 확인했다.

"한 시간⋯⋯."

표준 수술 시간의 절반.

그건 둘째 치고라도, 담낭을 떼어낸 후 가속도가 붙은 느낌이었다.

결장우반절제는 정말 눈 깜짝할 새 끝나 버렸다.

물론 수술이 빠르면 빠를수록 죽어나는 사람도 있었다.

"후아⋯⋯."

강미소는 기진맥진했다.

무려 두 부위를 절제하는 데 이 정도 시간밖에 안 걸렸다는 건 모든 과정이 그만큼 신속하게 진행됐다는 뜻이었다.

여기서 중요한 건.

아무리 시간이 단축되더라도 그녀가 할 일의 양은 동일하다는 것.

'쉬다 하자고 할 수도 없고.'

허리는 뻐근하고 다리는 후들거렸다.

수술 경험이 많고 수술 내내 고도의 집중력을 요하는 도수나 조근현 교수의 위치와 달리, 그녀는 비교적 시간이 길고 고단하게 느껴졌던 것이다.

물론, 불평불만 따위 꿈에도 표 낼 수 없지만.

이런 그녀의 마음을 아는지 모르는지 도수는 강행군의 속도를 더 높였다.

"침윤된 충수부 절제합니다."

눈물이 찔끔 나는 강미소였다.

*   *   *

한편.

수술실이 한눈에 내려다보이는 참관실에는 이사장을 비롯한 병원장, 부원장, 과장들이 대거 자리하고 있었다.

"볼 때마다 드는 생각이지만, 정말 말도 안 되게 빠르군요."

수술에 참여한 횟수로 치면 누구 못지않게 많은 마취과 과장이 말했다. 그는 동시에 쓴웃음을 지었다.

'이거야, 원……'

그의 눈길이 향한 곳은 정현진의 얼굴이었다. 시시각각 표정이 바뀌었는데, 한마디로 정의하면 모두 감탄한 얼굴이다. '감탄'이란 카테고리 안에 얼마나 많은 표정이 숨어 있는지 알 수 있었다.

문제는 두 번 다시 보기 힘든 큰수술이라며 들어간 정현진의 예상과 달리, 그의 두 손은 장식품처럼 방치되어 있다는 점이다.

'써전의 솜씨가 워낙 깔끔하니 뭘 할 게 없구먼.'

본래 큰수술에는 자잘한 실수들이 발생하게 마련이다. 수술도 사람이 하는 일이기에, 특히 지금처럼 여러 부위를 건드리는 복잡한 수술에선 실수가 발생할 수밖에 없다. 그 실수가 치명적이지 않고 결과적으로 잘 끝나면 그 수술을 '성공했다'고 한다.

한데 도수는 도무지 실수가 없었다.

그러니 갑작스러운 출혈도 없었다.

오죽하면 바이털도 처음 그대로다.

반쯤 황당하고 반쯤 감탄해서 헛웃음을 짓는 마취과 과장을 응시한 내과 과장이 한마디 더했다.

"제가 다 수술을 하고 싶어지는군요."

당연한 이야기지만 내과는 수술적 치료를 하지 않는다. 그런 내과에서 수십 년 지내온 그가 봐도 피가 끓어오를 만큼

도수가 보여주는 실력은 대단했다.

축구선수완 거리가 먼 일반인이 축구선수의 다큐를 보고 선수처럼 뛰고 싶어지는 것과 비슷했다.

두 사람이 그같이 마음껏 감정을 드러내는 반면.

이 수술을 반대했던 과장들은 입을 꿰맨 듯 말을 잃고 있었다.

그도 그럴 것이, 이번 수술이 성공하는 순간 반대하던 그들의 의견은 환자를 죽일 수도 있었던 '저열한 간언'이 되는 셈이다.

그들을 무감정한 눈길로 일별한 병원장이 입을 뗐다.

"대단한 실력입니다."

이사장이 고개를 끄덕였다.

"우리 병원에 저런 인재가 있다는 건 축복이지. 센터장 자리를 줘서라도 데려오길 잘한 것 같지?"

"그러게 말입니다. 만약 이번 수술이 성공하면 본원의 위상도 올라갈 겁니다. 대한민국에서… 아니, 세계에서 이런 수술을 할 수 있는 써전이 몇이나 되겠습니까?"

"안 빼앗기게 조심하세."

이사장의 말에 병원장이 미소 지었다.

"그럼요. 센터장 같은 인재를 빼앗길 순 없지요. 그나저나 이번 수술은 성공해야 할 텐데요. 실력이야 잘 봤지만, 아직 끝난 게 아니지 않습니까?"

"…그렇지."

중얼거린 이사장은 도수에게서 눈을 떼지 못했다. 단순히 수술 과정이 놀라워서만은 아니었다. 그는 병원을 직접적으로 경영하는 CEO. 그리고 사적으론 도수의 할아버지였다. 이번 수술의 결론이 어떻게 나든 도수를 지켜줄 생각이었다. 그리고 그 마음 한편에는 후계자로서 도수를 탐내는 마음도 꾸물꾸물 커지고 있었다.

*   *   *

툭!

"…충수 절제했습니다."

도수는 충수의 절단면을 소독하고 봉합한 실을 잘라 맹장을 복강 내에 밀어 넣었다.

그러나 복막을 닫진 않았다. 아직 직장 내부로 침윤된 종양이 남아 있었기 때문이다.

방금까지 수술한 부위를 패드로 감싼 도수가 말했다.

"환자 체위 바꿔주세요."

그러자 조근현과 강미소가 환자의 다리를 들어 올려 고정시키는 쇄석위로 바꾸었다.

직장은 가장 아래 있기 때문에 회음부나 항문, 방광 등을 검사할 때 쓰이는 체위를 썼다.

환경이 갖춰지자, 도수가 말했다.

"보비."

그는 차근차근 직장 주위의 막을 해부해 나가기 시작했다.

수술을 준비하는 동안 수많은 복강경 영상을 보았다. 그러나 직장 수술을 많이 경험해 보지 못한 다른 써전이었다면 안개가 낀 산속을 헤매듯 멍해졌을 것이다.

골반 내 근막의 연속성이나 정확성은 실제로 해보기 전까진 이해하기 힘든 영역이기 때문이다.

이렇듯 해부만 해도 힘든 직장 수술이기에 도수는 더욱 집중력을 올렸으나, 강미소나 경험이 적은 의료진들에게는 세 시간이 넘어가고 있는 수술 시간이 부담으로 다가왔다.

긴장감이 느슨해진 듯하자 도수가 일침을 놨다.

"모두 긴장해요. 진짜는 이제부텁니다."

말 대로였다.

직장절제술은 부위에 따라 표준 수술 시간만 세, 네 시간이 걸리는 장시간 수술이다. 앞으로 지금 수술한 시간의 두 배를 해야 한다니, 생각만 해도 앞이 깜깜한 일이었다.

그러나 이제 와서 멈출 수도 없었다.

이미 침윤이 진행된 종양의 경우 조금만 암세포를 남겨도 금방 전이되거나 다른 장기로 다시 침윤될 수 있기 때문이다.

안 그래도 침윤 상태가 좋지 않은 임숙영에겐 그야말로 사망 선고나 다름없는 미래였다.

"…우리가 힘내지 않으면 환자는 죽어요."

도수의 어조는 단조롭고 퍼석했다.

그래서 더 이질적으로 다가왔다.

그리고 여기서.

도수의 지시 또한 이질적으로 바뀌었다.

"지금부터 혈관을 재구성하면서 수술합니다."

"……!"

이건 또 무슨 소리란 말인가?

듣는 것만으로도 모호했다.

"그게 무슨……."

강미소가 묻자.

도수가 답했다.

"이대로 가면 환자가 못 버텨요. 벌써 꽤 많은 부분을 잘라 냈습니다."

모두가 알고 있는 사실이었다.

많은 이들이 이번 수술의 성패를 비관한 이유도 그거였으니까.

장은 세균이 서식하고 혈관 분포도 심장보다 복잡하다.

그렇기에 너무 많은 부위를 절제하면 괴사될 위험이 높았다.

다시 말해 대장을 아주 들어내는 것만 못하단 뜻이다.

그건 그런데, 그 많은 혈관들을 재구성한다고?

물론 혈류를 원활하게 만들어 적당한 혈액을 공급해 줄 수 있으면 괴사는 막을 수 있겠지만 수술 과정에서 필연적으로 손상을 입게 되는 혈관들이다.

그 혈관들을 모두 살릴 순 없는 노릇.

"장이 괴사될 걸 걱정하는 건 알겠는데, 혈관을 재구성하겠다는 건 무슨 소립니까?"

조근현 교수가 대표로 묻자 도수가 대답했다.

"말 그대롭니다. 심장 성형술에서처럼 혈관들을 이어가며 수술할 겁니다."

"…대장은 심장보다 훨씬 혈관 구조도 복잡하고 융통성이 적어요. 그걸 모르진 않을 텐데요."

차라리 대장이 괴사하지 않길 기도하는 편이 낫다고 생각됐다.

그만큼 어처구니없는 이야기였다.

수술 과정에서 필연적으로 손상을 입는 혈관들을 일일이 이어 붙여가며 수술한다면 한나절이 지나도 수술을 끝내기 힘들 터였다.

그사이 장 괴사와 과다 출혈로 환자가 사망할 건 불 보듯 빤하고.

그러나 도수는 이 모든 걸 해결해 줄 방법을 찾았다.

다소 단순하고 황당한 방법을.

"빠르면 됩니다."

속도는 손 기술로.

정교함은 투시력에서.

이 두 가지만 초월한다면 활로(活路)는 있었다.

도수는 그들을 납득시키는 대신 이 수술의 본질적인 문제를 자기 입으로 꺼냈다.

"일반적인 방법으론 실패할 수밖에 없는 수술입니다. 견고한 상식을 깨부술 수 있는 건 인간의 잠재력뿐이에요. 우리 모두가 잠재력을 최대치까지 끌어올려야만 할 수 있는 수술입니다."

그가 찾은 해답은 실로 별게 없었다.

그러나 어쩌면 가장 본질적인 해답이었다.

도수의 말을 들은 수술 팀은 가슴 밑바닥에서부터 뜨거운 뭔가가 치밀었다.

"…해볼게요. 어차피 해내지 못하면 환자를 잃는 거 아니에요?"

강미소가 다시 한번 불씨를 키우며 눈을 빛내고.

조근현이 덧붙였다.

"할 수 있다."

탁.

불꽃이 튀었다.

그리고 이내.

"해보겠습니다."

"센터장님, 믿습니다."

의사, 간호사.

어느새 너 나 할 것 없이 수술 팀 인원들 모두가 활활 타오르고 있었다.

그들을 보며 고개를 끄덕인 도수가 말했다.

"현미경."

마침내.

마지막 관문이었다.

스윽.

이하연이 현미경을 걸쳐주었다.

좁은 시야 속.

임숙영의 직장을 내려다본 도수가 투시력을 썼다.

샤아아아아아아아.

그 순간.

장간막에서 시작된 혈관들이 장 표면으로 거미줄처럼 퍼져 나갔다.

"시작하겠습니다. 조 교수님은 계속 석션 해주세요."

조근현을 말하는 것이다.

지시를 내린 도수가 시선을 옮겨 마취과 정현진에게 덧붙였다.

"혈압 떨어지면 바로 말씀해 주시고요."

"걱정 마십시오."

정현진이 긴장한 얼굴로 대답했다.

고개를 끄덕인 도수가 강미소를 향해 손을 내밀었다.

"칼. 십오 번으로."

"보비 말고요?"

보비는 지혈과 절제를 동시에 할 수 있는 전기 소작기를 말한다. 크기도 여러 가지라 다양하게 사용이 가능했지만 지금 경우는 해당되지 않는다.

"정교한 수술을 요합니다."

보비는 메스에 비해 끝이 뭉툭했다.

더욱이 닿는 부위를 태우는지라 혈관만 절제하려다 자칫 장 실질을 태울 수 있었다.

물론 이건 단점이라면 단점일 수 있으나 자잘한 혈관을 일일이 메스로 자르고 실로 꿰매는 것보단 효율적일 것이다.

그러한 생각이 들었지만, 강미소는 군말 없이 15번 메스를 건넸다.

'생각이 있으시겠지.'

벌써 몇 번째 함께하는 수술인지 모른다. 이처럼 여러 번의 수술을 거치며 그녀에겐 도수에 대한 절대적인 믿음이 생겼다.

턱.

메스를 받은 도수는 마치 그녀의 믿음에 부응하듯 메스를 가져갔다.

강미소나 다른 의료진들의 눈에는 잘 보이지도 않는 혈관들.

도수가 장 표면을 스치듯 칼끝을 놀렸다.

틱.

메스를 허공에 놀릴 리는 없으니 절제를 시작한 것 같긴 한데, 겉보기엔 티가 안 났다. 슬슬 피가 고이지 않았다면 도수가 아무것도 하지 않은 줄 알았을 만큼.

"석션."

여전히 장 표면에 시선을 고정한 채 지시하는 도수.

그의 지시에 따라 조근현 교수가 소리 소문 없이 고이는 핏물을 빨아들였다.

치이이이이이이익.

그사이.

스으으으윽.

도수의 메스가 장 표면을 지나가며 점차 출혈량이 늘었다. 눈에 띄게 늘진 않았는데, 어느새 제법 피가 고이고 있었다.

치이익.

조근현이 석션을 지속하며 물었다.

"이거, 출혈이 계속되면 안심할 수 없겠습니다."

그 역시 도수 외에 현미경을 차고 있는 유일한 의료진이었다. 따라서 그는 장 표면의 혈관들을 순식간에 잘라 버리는 도수의 솜씨를 두 눈으로 보고 있었다.

바짝 집중해야 했기에 내색하진 않았지만 이미 마음속은 놀랄 기운도 남아 있질 않았다.

'꿈 아닌가?'

그게 아니라면.

어떻게 육안으로 보이지도 않는, 현미경으로 봐야 간신히 볼 수 있는 혈관들을 깔끔하게 절제할 수 있는 걸까?

장 실질은 티끌만큼도 건드리지 않고 마치 연결된 것처럼 붙어 있는 혈관들을 칼날로 잘라내고 있었다.

알기 쉽게 문구류로 비유하자면, 커터 칼로 지면에는 손상을 주지 않고 화이트 자국만 도려내는 것 같은 수준의 기교였다.

'이런 게 가능한 건가?'

조근현은 자기 눈으로 보고도 믿기지 않았다. 입이 바싹 타들어갔다. 훌륭한 기교는 기교고, 점점 출혈이 늘고 있었기 때문이다.

"위험한데."

"거의 다 됐습니다."

도수가 상황을 알려주었다.

조근현이 서 있는 위치에선 배 속의 직장이 다 보이지 않았다.

아니, 도수가 서 있는 위치에서도 대장의 최하부에 위치한 직장의 아랫부분까지 완벽히 보일 것 같지 않았다.

이 수술 자체가 처음부터 끝까지 이해되지 않는 점투성이였던 것이다.

도수는 완전히 상식을 벗어난 수술을 하고 있었다.

툭!

마지막 혈관을 잘라낸 도수는 가닥가닥 끊어진 수십 개의 미세 혈관들을 바라보았다.

"타이."

이제 다시 연결할 차례였다.

설령 혈관들을 명확히 볼 수 있다 쳐도, 혈관들이 하나같이 다닥다닥 붙어 있고 뒤엉켜서 어디와 어디를 이어야 하는지조차 알아볼 수 없었다.

아무리 해부학에 뛰어난 써전일지라도 인체의 모든 혈관을 기억하고 있을 순 없다.

동맥, 정맥 같은 크고 주요한 혈관들만 머리에 새기고 있을 뿐.

이런 수술 자체가 불가능하다고 생각하기 때문에 미세 혈관들까지 전부 다 외울 생각은 못 하는 것이다.

따라서 방금 도수가 기적적으로 끊어낸 혈관들은 교과서에서도 소개되지 않는 곳들이었다.

그래서 도수는 의지할 데가 없었다. 자기 눈으로 본대로, 자기 기억을 믿고 수술하는 수밖에 없었다. 봉합사와 봉합침을 받은 지금도 어디부터 어떻게 꿰매야 하는지 그 모든 공식은 머릿속에만 현존했다.

'해야만 한다.'

도수는 눈을 빛냈다.

샤아아아아아아.

한층 더 강력해지는 투시력.

미세한 혈관들을 꼼꼼히 훑은 도수가 손을 놀리기 시작했다.

톡, 스으윽······.

"······?!"

조근현이 눈을 찢어져라 부릅떴다.

"이게 무슨······!"

지금까지 말이 안 됐던 과정 모든 게 아무것도 아니었다.

도수는 봉합침 끝으로 아주 미세한 홈집을 내는 동시에 봉합사를 넣어서 빼내고 있었다. 애초에 손가락은 너무 두꺼워서 미세한 컨트롤이 불가능할 정도였다. 그래서 클램프를 썼는데, 클램프를 이용한다 해도 이런 봉합술은 본 적도 들은적도 없었다.

"말도 안 돼······."

조근현은 자기도 모르게 그 말을 뱉고야 말았다.

그럴 수밖에 없는 게, 혈관을 잡아주는 사람도 없이 톡 찔러서 홈집을 내고 실을 관통시키는 것이다.

실이 무슨 봉합사처럼 단단한 형태도 아닌데 하늘거리는 실의 끄트머리를 잡아 움직임을 최소화하고 마찬가지로 유연한 혈관을 통과시키고 있었다.

슥, 스윽.

도수의 손이 연속적으로 움직였다. 움직임의 폭이 너무 작아서 눈으로 좇기 힘들었다. 현미경을 쓰지 않은 사람들이 보면 클램프를 든 손을 떨고 있는 것처럼 보일 지경이었다. 떠는것과는 미세한 차이가 있었지만 그렇다고 봉합 중이라고 보기에도 무리가 있었다.

'뭐지?'

강미소도, 모든 의료진의 의문도 같았다.

뭘 하는 걸까.

현미경으로 그 장면을 지켜보고 있는 조근현을 제외하면 알 도리가 없었다.

물론 조근현이 그렇듯, 그처럼 실제로 보고 있다고 해도 믿기 힘들 테지만.

이들이 의아할 지경인데 현미경에 달린 모니터를 통해 상황을 중계받고 있는 참관실도 예외는 아니었다. 곧 스피커를 통해 병원장의 목소리가 새어 나왔다.

─이도수 센터장, 지금 뭐 하는 건가?

아마 참다못해 물었을 터였다.

그러나 도수는 극도의 집중력을 발휘하고 있는 상태였다. 투시력을 극한까지 끌어올린 마당에, 잠시라도 흐름이 끊기면 간신히 기억하고 있는 혈관들의 순서들이 머릿속에서 모조리 날아갈 수도 있다.

"스피커 끄세요."

잠깐 멈췄던 손이 다시 움직였다.

강미소는 표정이나 목소리만으로도 그가 얼마나 몰입하고 있는지 알 수 있었기에 따져 묻지 않고 곧바로 스피커를 꺼버렸다.

참관실 안에서 일그러진 표정을 짓는 과장들, 얼굴을 붉히는 과장들이 보여서 가슴이 철렁했지만 어쩔 수 없었다. 수술실 밖에서 벌어질 일은 바깥 일. 지금은 이 안에서 벌어지는 일에 집중할 때였다. 이곳에선 써전과 환자의 안위가 최우선이다.

"후······."

한숨을 뱉으며.

그녀는 불안한 생각이 드는 것만은 막지 못했다.

'큰일 났네.'

그러고는 도수를 보며 내심 한마디 덧붙였다.

'꼭 성공하셔야 할 거예요. 그러지 못하면··· 괜히 독박 써요.'

도수는 말은 물론 표정으로도 대답하지 않았다. 그는 완전히 환자에게 몰입하고 있었다.

하지만 그를 방해하는 건 참관실의 병원장뿐만이 아니었다.

이번에는 환자 쪽에서 문제가 생겼다.

"센터장님, 혈압 떨어집니다."

정현진이었다.

자신만 믿으라고 호언장담하던 마취과의.

그가 다급하게 말했다는 건, 환자의 바이털을 더 이상 커버하기 힘들다는 뜻이다.

그럼에도 도수는 흔들림 없이 대답했다.

"일 분만요."

"하지만······."

"버텨요."

그걸로 끝이었다.

도수는 더 이상 말을 섞지 않고 봉합을 이어갔다. 그는 오로지 혈관을 잇는 것만 생각했다. 그사이 환자의 바이털이 얼마나 어떻게 망가질지, 환자가 죽을 수도 있다는 불안감조차 들어올 틈이 없었다. 모든 건 마취과의에게 맡기고 자신은 수술에 몰입할 뿐.

정현진은 손으로 피를 짜며 땀을 흘렸다.

'젠장… 그게 말처럼 쉽냐고!'

소리쳐서 따져 묻고 싶었다. 하지만 마음과 행동은 달랐다. 어리광을 피워봤자 달라질 건 아무것도 없음을 알고 있기에. 지금 이런 상황을 미리 알고서도 이 수술실에 발을 들였기 때문에.

그는 지금 자신이 아무 데도 의지할 곳이 없음을 알고 있었다. 도수가 제시한 일 분. 그 일 분을 버티는 건 오로지 자신의 몫이었다.

'뭘 하면 되지? 어떻게 하면 환자를 조금이라도 더 버티게 할 수 있을까?'

그는 최대한 심 기능을 활성화시키기 위한 노력을 퍼부었다.

그동안.

도수의 봉합은 슬슬 막바지에 치닫고 있었다. 언뜻 보기엔 혈관들을 잘라냈다가 그대로 이어 붙인 것 같지만, 그 속에는 상상도 못 할 비밀이 숨어 있었다.

도수는 혈관들을 정맥과 동맥에 직접 이어 붙였다.

앞으로 절제할 암의 침윤부가 위치한 혈관들을 다른 쪽으로 옮긴 것이다.

미세한 혈관을 통해 뻗어 나가는 혈류마저 온전히 돌아서 장이 괴사되지 않도록.

그리고 그는.

이 불가능에 가까운 일을 해냈다.

"가위."

도수가 봉합침과 봉합사를 건네며 뱉은 말이다.

"여기……."

강미소가 가위를 내밀고.

도수가 실밥을 잘랐다.

"컷."

톡.

잘려 나가는 실밥.

그는 꼬리 물듯 연결, 연결해서 봉합한 실밥을 모두 잘라내고 가위를 반납했다.

"보비."

턱.

마침내 도수가 말했다.

"마지막, 직장의 침윤부 절제합니다."

"……!"

조근현이 고개를 끄덕였다.

"뭐가 어떻게 된 건진 모르겠지만 성공하길 바랍니다."

"지켜봐야죠."

도수는 그렇게 답한 뒤 장을 절제하기 시작했다. 그조차 성공을 장담할 수 없었다. 자신이 모든 혈관들의 순서와 위치를 맞게 기억했는지, 혹시 절제와 봉합 중에 실수는 없었는지, 이후 어떤 부작용이 생길지 아무것도 명확하지 않았기 때문이다.

새로운 방식의 수술을 한다는 것.

직감에 의지한다는 건 이런 불안 요소들을 동반하게 마련이다.

하지만 한 가지만은 확실했다.

'믿습니다. 일어나실 거라고.'

치이이이익.

도수는 장을 잘라내며 속으로 그리 말했다. 라크리마에서 체계화된 수술법 없이도 수술을 했고 번번이 사람을 살려냈던 그였다. 그런 그가 '교육'이란 걸 받았고 체계화된 현대 의학을 받아들였다.

이 모든 걸 응용해서 해낸 수술.

그렇기에 그는 이 수술이 성공하리라고 생각했다. 장담하지 않고 말을 아꼈지만, 적어도 도수는 스스로 임숙영이 건강하게 회복할 걸 믿고 있는 것이다.

*   *   *

참관실에서 수술 장면을 지켜보던 간담췌외과 과장은 자기도 모르게 벌떡 일어나 있었다. 언제 일어났는지도 기억나지 않았다.

아래 수술을 하고 있는 의료진이 멋대로 스피커폰을 꺼서 열받은 것도, 이 수술이 성공리에 끝나면 닥쳐올 후폭풍을 걱정해서도 아니었다.

그저 외과의로서 말이 안 되는 광경을 목격했기 때문이다.

한 번도 상상조차 해본 적 없던 일이 눈앞에서 펼쳐졌다.

"이게 무슨······."

"이거, 녹화되고 있는 거죠?"

말을 자른 건 마취과 과장이었다. 그 역시 일어나 있었다. 아니, 참관실의 모두가 벌떡 일어나 도수의 수술 장면을 보고 있었다.

그들 모두 과장급 인사들.

실제 수술실에서 수없이 실전을 뛰는 간담췌외과 과장이나 신경외과 과장, 흉부외과 과장처럼 도수가 얼마나 어떤 일을 해낸 건지 정확히 알긴 힘들었지만, 이게 얼마나 말이 안 되는 상황인지는 한 명도 빠짐없이 느끼고 있었다.

부원장이 도로 자리에 앉으며 다리를 꼬고 턱을 괴었다.

"모두 녹화되고 있지요. 있는데··· 이걸 보고도 믿을 수 있을지 모르겠군요. 허, 참. 실력 하난 대단한 친굽니다."

병원장을 비롯해 모든 과장들이 고개를 주억거렸다. 심지어 도수에게 반감을 가지고 있는 이들조차도 미세하게 끄덕일수밖에 없었다.

빙그레 웃은 이사장이 물었다.

"병원장, 학계에 보고해야겠지?"

"물론입니다."

병원장이 새삼스레 뭘 묻냐는 듯 대답했다.

"환자의 생사는 하늘에 달렸겠지만, 이도수 센터장이 아무런 실수도 하지 않은 건 우리 모두가 확인했습니다. 녹화된 것도 있고요."

"아직 아무 실수도 하지 않은 건 아니죠."

신경외과 과장이었다. 다른 이들의 시선이 집중되자, 그는 팩트를 짚었다.

"…이도수 센터장이 건드린 혈관과 관련된 문제만 생기지 않는다면 아무 실수도 하지 않았다고 볼 수 있습니다."

무슨 혈관인지도 모르겠다.

아니, 이름이 있는지도 모르겠다.

그런 혈관들을 수십 개나 건드렸다.

보고도… 아니, 들었어도 믿지 못했을 신기를 직접 보여주면서.

신경외과 과장은 적개심조차 놀라움에 날아가 버렸다. 머리가 어지러울 지경이었다.

"확실한 건 외과의라면 모두 한 번쯤 봐야할 가치가 있는 수술이었다는 겁니다. 수술의 성패를 떠나 앞으로도 쭉 교육 자료로 쓰일 수 있겠어요."

신경외과 과장은 감탄을 그렇게 대신했다. 솔직한 마음을 표 나지 않게 둘러댄 것이다. 그가 뱉은 모든 말은 간만에 편향되지 않고 이치에 맞았다. 모든 참관인들이 수긍하자.

이사장이 대답했다.

"수술 끝나거든 임숙영 환자가 회복할 수 있도록 각 과에서 적극 협조하게."

"예, 이사장님. 그렇게 하겠습니다."

병원장이 말했다.

이 자리에 있는 모든 의사들이 비슷하겠지만.

태연하게 상황을 이끈 이사장 역시 떨리는 손을 허벅지 아래 감추고 있었다. 닭살이 돋았다. 갑자기 나타난 손자 녀석은 처음부터 끝까지 자신의 예상을 한참 뛰어넘고 있었다.

『레저렉션』 5권에 계속…

초대형 24시 만화방

신간 100%, 샤워실, 흡연실, 수면실(침대석), 커플석, 세탁기 완비

■ 광명 광명사거리역점 ■

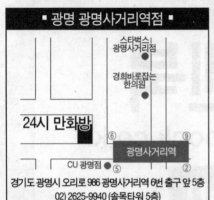

경기도 광명시 오리로 986 광명사거리역 6번 출구 앞 5층
02) 2625-9940 (솔목타워 5층)

■ 강북 노원역점 ■

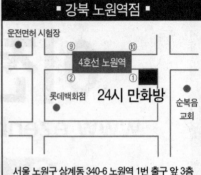

서울 노원구 상계동 340-6 노원역 1번 출구 앞 3층
02) 951-8324 (화용빌딩 3층)

■ 일산 정발산역점 ■

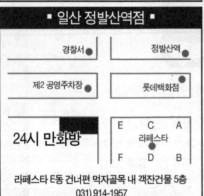

라페스타 E동 건너편 먹자골목 내 객잔건물 5층
031) 914-1957

■ 일산 화정역점 ■

경기도 고양시 덕양구 화정동 984번지 서일빌딩 7층
031) 979-4874 (서일사우나 건물 7층)

■ 부천 역곡역점 ■

역곡남부역 기업은행 건물 3층
032) 665-5525

■ 부평역점 ■

(구) 진선미 예식장 뒤 한신포차 건물 10층
032) 522-2871